Antoine de
Saint-Exupéry

Lichtgrüße
vor der
unendlichen
Nacht

Antoine de
Saint-Exupéry

Lichtgrüße
vor der
unendlichen
Nacht

LANGENMÜLLER

Herausgegeben von Jost Perfahl

© 2002, 2020 LangenMüller in der
F. A. Herbig Verlagsbuchhandlung GmbH, Stuttgart
Alle Rechte vorbehalten
Schutzumschlag: STUDIO LZ, Stuttgart
Illustration: © Miro Zatkuliak represented by
Inky Illustration Agency

Wiedergabe der ausgewählten Textstellen
mit freundlicher Genehmigung
der Verlage Karl Rauch, Düsseldorf und
S. Fischer, Frankfurt a.M. (für *Nachtflug*)

Druck und Binden: CPI books GmbH, Leck
Printed in Germany
ISBN 978-3-7844-3539-8

www.langen-mueller-verlag.de

Inhalt

Einsichten

Unsere Gebräuche, Konventionen und Gesetze, kurz, alle diese Dinge, deren Notwendigkeit du nicht recht fühlst, diese sind es, die dem Leben seinen Rahmen geben. Um bestehen zu können, brauchen wir um uns herum Tatsächliches, das wirklich haltbar ist.

Südkurier 44

Das, worauf es im Leben am meisten ankommt, können wir nicht vorausberechnen. Die schönste Freude erlebt man immer da, wo man sie am wenigsten erwartet hat. Diese Sternstunden aber lassen eine so tiefe Sehnsucht im Herzen zurück, daß manche Menschen Heimweh nach ihren trübsten Zeiten fühlen, wenn diesen ihre Freuden entsprossen sind.

Wind, Sand und Sterne 220

Es ist viel schwerer, sich selbst zu verurteilen, als über andere zu richten. Wenn es dir gelingt, über dich selbst gut zu Gericht zu sitzen, dann bist du ein wirklicher Weiser.

Der Kleine Prinz 525

Heuchelei ist mitunter nur ein Schamgefühl, das sich nicht einmal zu definieren weiß.

Carnets 277

So sprach mein Vater zu mir:
Zwinge sie, zusammen einen Turm zu bauen; so wirst du sie in Brüder verwandeln.
Willst du jedoch, daß sie sich hassen, so wirf ihnen Korn vor.

Die Stadt in der Wüste 59

Eine plötzliche Erleuchtung scheint manchmal ein Schicksal anders zu wenden. Doch die Erleuchtung ist nichts anderes, als daß man im Geiste plötzlich

einen sich langsam vorbereitenden Weg visionär erkennt. Ich habe langsam die Grammatik gelernt. In
der Syntax bin ich gedrillt worden. Mein Empfinden
wurde geweckt. Und plötzlich greift mir ein Gedicht
ans Herz.

Flug nach Arras 378

Der ist ein Narr, der sich an der Vergangenheit die
Zähne ausbricht, denn sie ist ein Granitblock und
hat sich vollendet.
Bejahe den Tag, wie er dir geschenkt wird, statt dich
am Unwiederbringlichen zu stoßen. Das Unwiederbringliche besitzt keinen Wert, denn es ist der Stem-
pel, der allem Vergangenen aufgeprägt ist.
Und ein erreichtes Ziel, einen abgelaufenen Zyklus,
eine abgeschlossene Epoche gibt es nur für die Ge-
schichtsschreiber, die solche Einteilungen konstru-
ieren; wie könntest du also schon wissen, daß du
dein Verhalten bereuen mußt, da es noch nicht Erfolg hatte und niemals Erfolg haben wird? Denn der
Sinn der Dinge liegt nicht im schon angesammelten
Vorrat, den die Seßhaften verzehren, sondern in der
Glut der Verwandlung, des Voranschreitens oder der
Sehnsucht.

Die Stadt in der Wüste 189

Die schöpferischen Wahrheiten sind unsichtbar. Sie
werden zunächst abgelehnt, sodann, wenn sie zum
Rahmen werden, fallen sie nicht mehr auf und werden zu Evidenzen.

Carnets 310

Man erwartet nichts von sich selber, sondern nur von etwas anderem, das außerhalb des eigenen Ich liegt.

Die Stadt in der Wüste 126

Du hast mich besiegt; ich bin dadurch stärker geworden.

Die Stadt in der Wüste 142

Die Achtung, die dir ein Feind bezeigt, ist die einzige Achtung, die etwas taugt. Und die Achtung, die dir die Freunde entgegenbringen, ist nur dann von Wert, wenn sie über deren Erkenntlichkeit und Dankesbekundungen und niedrige Regungen erhaben ist.

Die Stadt in der Wüste 143

Körperliches Geschehen berührt uns nur, wenn man uns seinen geistigen Hintergrund zu deuten vermag.

Wind, Sand und Sterne 228

Es gibt schwache Menschen, die nicht über sich hinauswachsen können. Sie finden ihr Glück in einer mittelmäßigen Zufriedenheit, nachdem sie das in sich abtöteten, was groß an ihnen war. Sie verweilen ihr ganzes Leben in einer Herberge. Sie haben sich selber verkommen lassen.

Die Stadt in der Wüste 183

Wir können nur dann in Frieden leben und in Frieden sterben, wenn wir uns unserer Rolle ganz bewußt werden, und sei diese auch noch so unbedeu-
tend und unausgesprochen. Das allein macht
glücklich.

Wind, Sand und Sterne 335

Immer geht es nur darum, die Gegenwart zu ordnen. Was fruchtet es, über ihre Erbschaft zu streiten?
Die Zukunft soll man nicht voraussehen wollen,
sondern möglich machen.

Die Stadt in der Wüste 199

Die Liebkosung aber ist Wohnung und Obdach. Ich
liebkose ein Kind, um es zu behüten. Und es empfängt davon ein Zeichen auf dem Samt seines Gesichtes.

Die Stadt in der Wüste 200

Man beneidet nur den, dessen Stelle man hätte ein-
nehmen können.

Die Stadt in der Wüste 210

Die Anerkennung, die dir einer zollt, den du ver-
achtest, ist eine Beschimpfung. Und du wirst meinen, daß dich die Beziehungen zwischen den Menschen nicht atmen ließen.

Die Stadt in der Wüste 211

Er wußte, daß der Alltag selbst unserem geringfü-
gigsten Tun die Gewichtigkeit einer Tatsache verleiht und daß hierdurch jedes Erdenleid etwas von
seiner Schwere einbüßt.

Südkurier 60

Schon ahne ich das Prinzip aller Siege deutlicher:
Wer sich einen Posten als Küster oder Stuhlvermieter
im fertigen Dom sichert, ist schon besiegt. Wer aber
im Herzen einen künftigen Dombau trägt, der ist
schon Sieger. Der Sieg ist die Frucht der Liebe. Die
Liebe allein erkennt das Gesicht, das es zu formen
gilt. Die Liebe allein leitet zu ihm hin. Die Intelligenz
taugt nur im Dienst der Liebe.

Flug nach Arras 462

Nur die Treue macht stark. Und es gibt nicht Treue
nur auf einem Gebiete und nicht zugleich auf einem
anderen. Einer, der treu ist, ist immer treu...

Die Stadt in der Wüste 123

Treusein heißt, sich selber die Treue halten.

Die Stadt in der Wüste 327

Die Eitelkeit ist Mangel an Stolz, Unterwerfung unter den Pöbel, unwürdige Erniedrigung.

Die Stadt in der Wüste 208

Ich verstehe die Leute in den Pariser Vorortzügen
nicht mehr, die glauben, Menschen zu sein. Ameisen
sind sie, von einem ihnen unbewußten Zwang zum
Werkzeug herabgewürdigt. Was mögen sie mit ihren
kleinen Sonntagen anfangen, wenn sie frei haben?
Auf einer Reise nach Rußland hörte ich einmal, wie
in einer Fabrik Mozart gespielt wurde. Ich habe darüber berichtet und zahlreiche empörte Zuschriften
bekommen. Ich bin denen nicht böse, die das Tin-
geltangel vorziehen; sie kennen keine höheren Klän-
ge. Aber auf den Tingeltangelwirt werfe ich meinen
Groll; er lockt die Menschen von sich selber weg!

Wind, Sand und Sterne 312

Wer je einen anderen erniedrigt, sagte mein Vater,
zeigt damit, daß er niedrig ist.

Die Stadt in der Wüste 159

Die Zeit, die sich ausbreitet, ist die Zeit der Ge-
schichte. Die Zeit, die hinzufügt, ist die Zeit des Lebens. Und die beiden haben nichts gemeinsam, aber
man muß die eine nutzen können wie die andere.

Carnets 316

Wenn du über die empfangene Wunde klagst, so
könntest du ebensogut darüber klagen, daß du gar
nicht existierst oder nicht in einer anderen Zeit geboren bist. Denn deine gesamte Vergangenheit ist
nur eine Geburt des heutigen Tages. Sie ist so und

nicht anders. Nimm sie, wie sie ist, und verrücke nicht die Berge darin. Sie sind, wie sie nun einmal sind.

Die Stadt in der Wüste 182

Ich verstehe die tiefe Bedeutung der Demut, die vom Individuum verlangt wurde. Sie erniedrigte es keineswegs. Sie erhöhte es. Sie klärte es über seine Rolle als Sendbote auf. Wie sie es nötigte, Gott im Nächsten zu achten, nötigte sie es, jenen in sich selbst zu achten, sich zum Boten Gottes zu machen, der auf dem Wege zu Gott ist. Sie machte ihm zur Pflicht, sich zu vergessen, um sich zu steigern; denn wenn das Individuum sich mit seiner eigenen Bedeutung brüstet, wandelt sich die Straße sogleich in eine Sackgasse.

Flug nach Arras 475

Der Wert des Geschenkes hängt von dem ab, den man damit bedenkt.

Die Stadt in der Wüste 55

Auf die Haltung allein kommt es an. Denn nur sie allein ist von Dauer und nicht das Ziel, das nur ein Trugbild des Wanderers ist, wenn er von Grat zu Grat fortschreitet, als ob dem erreichten Ziel ein Sinn innewohnte. Ebenso gibt es keinen Fortschritt ohne eine Bejahung des Bestehenden. Und du nimmst ständig von ihm Abschied. Ich glaube nicht an die Ruhe. Denn wenn einer durch einen Streit gepeinigt wird, so rate ich ihm nicht, da-

durch einen unsicheren und schlechten Frieden zu
suchen, daß er eines der beiden Elemente des
Streites blindlings bejaht. Glaubst du, die Zeder
hätte dadurch Gewinn, daß sie den Wind vermie-
de? Der Wind peinigt sie, aber er formt sie zugleich. Der ist wahrhaft weise, der das Gute vom
Bösen zu scheiden weiß. Du suchst dem Leben einen Sinn zu geben, da doch sein Sinn vor allem
darin besteht, daß du dich selber findest, nicht
aber, daß du den elenden Frieden gewinnst, der
mit dem Vergessen des Streites verbunden ist.
Wenn dir etwas widerstrebt und dich peinigt, so
laß es wachsen; es bedeutet, daß du Wurzeln
schlägst und dich wandelst. Dein Leid bringt Segen, wenn es dir zur Geburt deiner selbst verhilft,
denn keine Wahrheit offenbart sich dem Augen-
schein und läßt sich dadurch erlangen. Und die
Wahrheiten, die man dir auf solche Weise darbie-
tet, sind nur eine bequeme Lösung und gleichen
Schlafmitteln.

Die Stadt in der Wüste 182

Gewiß ist die Vollkommenheit unerreichbar. Sie hat
nur den Sinn, deinen Weg wie ein Stern zu leiten. Sie
ist Richtung und Streben auf etwas hin. Doch nur
auf deinen Weg kommt es an, und es gibt keine
Vorräte, in deren Mitte du dich niederlassen könntest. Denn dann stirbt das Kraftfeld, das dich aus-
schließlich beseelt, und du gleichst einem Leichnam.

Die Stadt in der Wüste 434

Du mußt geben, bevor du nimmst – und bauen, bevor du wohnst.

Flug nach Arras 483

Der Mann, der seine Freude im Reichtum aufgehäufter Dinge zu finden glaubt, und der – da es ihm unmöglich ist, die Freude daraus zu gewinnen, denn sie beruht nicht hierauf – seine Reichtümer vervielfacht und die Dinge zu Pyramiden aufstapelt und zwischen ihnen in ihren Gewölben hin und her läuft; er gleicht jenen Wilden, die die Trommel in ihre Bestandteile zerlegen, um den Lärm einzufangen.

Die Stadt in der Wüste 611

Die geistige Gemeinschaft der Menschen in der Welt hat sich nicht zu unseren Gunsten ausgewirkt. Indem wir aber diese menschliche Gemeinschaft in der Welt gegründet hätten, würden wir die Welt und uns selbst gerettet haben. Wir haben bei dieser Aufgabe versagt. Jeder ist für alle verantwortlich. Jeder ist allein für alle verantwortlich. Ich verstehe zum ersten Male eines der Geheimnisse der Religion, aus der die Kultur hervorging, die ich als die meine anspreche: »Die Sünden der Welt zu tragen...« Und jeder trägt alle Sünden der ganzen Welt.

Flug nach Arras 466

Wenn du Freundschaften begründen willst... so finde zur Ehrfurcht vor den Menschen zurück und

wisse, daß sich in einer Gemeinschaft nur atmen
läßt, wenn keiner den anderen bekrittelt.

Die Stadt in der Wüste 205

Wenn einer fragt und nicht an der Frage Anteil
nimmt, so drückt sich darin Verachtung aus. Und
wenn der andere es bemerkt, tastet er nach dem
Messer an seiner Seite.

Die Stadt in der Wüste 211

Nicht der Abstand bestimmt die Entfernung. In der
Enge unseres heimatlichen Gartens kann es mehr
Verborgenes geben als hinter der Chinesischen Mauer. Das Herz eines kleinen Mädchens ist oft besser
geborgen im Schweigen seines Mundes als die Oasen
der Sahara hinter weiten Strecken Sand.

Wind, Sand und Sterne 240

So höre auch niemals auf die Ratgeber, die dir dadurch einen Dienst zu erweisen glauben, daß sie dir
empfehlen, eine deiner Bestrebungen aufzugeben.
Du kennst sie, deine Berufung, denn du spürst, wie
sie auf dir lastet. Und wenn du sie preisgibst, verun-
staltest du dich selber, aber du kannst gewiß sein,
daß deine Wahrheit langsam wachsen wird, denn sie
ist Geburt eines Baums und nicht glücklicher Fund
einer Formel. Es kommt dabei vor allem auf die Zeit
an, denn du sollst ein anderer werden und einen

schwierigen Berg ersteigen. Das neue Wesen, das als
Einheit aus dem Vielerlei der Dinge hervortritt,
zwingt sich dir nicht wie die Lösung eines Bilderrät-
sels auf, aber es befriedet der Streit und heilt die
Wunden. Und seine Macht wirst du erst erkennen,
wenn es Wirklichkeit geworden ist. Deshalb habe
ich stets um des Menschen willen Langsamkeit und
Stille als allzu vergessene Götter geehrt.

Die Stadt in der Wüste 202

Gewiß gibt es das Unwiederbringliche, aber es ist
kein Anlaß zu Trauer oder Freude, es ist nur das
Kennzeichen alles Gewesenen. Meine Geburt ist unwiederbringlich, weil ich jetzt hier stehe. Die Vergangenheit ist unwiederbringlich, aber die Gegenwart ist euch überantwortet, und sie gleicht den
ungeordneten Bausteinen, die zu Füßen eines stüm-
perhaften Baumeisters liegen: An euch ist es, daraus
die Zukunft zu gestalten.

Die Stadt in der Wüste 203

Dann, als nichts schwankte, nichts vibrierte, nichts
zitterte und sein künstlicher Horizont, sein Höhen-
messer und der Tourenzähler ganz ruhig blieben,
streckte er sich ein wenig, lehnte seinen Nacken gegen das Leder des Sitzes und begann sich der tiefen
Beschaulichkeit des Flugs hinzugeben, die einen woh-
lig mit einer unbestimmten, unerklärlichen Hoffnung
erfüllt.Und so, wach im Herzen der Nacht wie ein

Totenwächter, wurde er sich plötzlich bewußt, daß
das Menschenwesen da drunten bei Nacht deutlicher
hervortrat als bei Tage: diese Lichter, diese stummen
Rufe, diese Unruhe. Der einzelne Stern dort im Dun-
keln: die Einsamkeit eines Hauses. Einer erlischt: das
ist ein Haus, das sich über seiner Liebe schließt. Oder
über seiner Langeweile. Ein Haus, das davon abläßt,
der übrigen Welt s ein Zeichen zu geben. Sie wissen
nicht, wohin ihr Hoffen geht, die Bauern, die da mit
aufgestützten Ellbogen am Tisch hocken vor ihrer
Lampe: sie wissen nicht, daß ihr Wünschen so weit
trägt in der großen Nacht, die sie umfängt. Aber er,
Fabien, erspäht es, wenn er tausend Kilometerweit
daherkommt, auf und ab gewiegt in der Dünung der
Luft, aus zehn Gewittern her wie durch Kriegsgebiet
– Mondlichtungen dazwischen – und nun über diese
Lichter hin, eins nach dem andern, in Siegesgefühl.
Diese Menschen meinen, ihre Lampe leuchte für
ihren bescheidenen Tisch, aber vierundachtzig Kilo-
meter weit von ihnen vernimmt man schon den
stummen Anruf dieses Lichts, gleich als schwenkten
sie es verzweifelt auf verlassener Insel am Rande des
Meeres.

Nachtflug 110

Wenn du Genoveva entführst, nimmst du ihr Genoveva weg. Und dann: weiß sie denn, was sie
zum Leben braucht? Sie ahnt ja gar nicht, daß sie
an einen gewissen Wohlstand gewöhnt ist. Geld ist
etwas, das den Erwerb von Gütern ermöglicht, das
uns ein Leben nach außen hin erlaubt; ihr Leben

aber ist innerlich. Wohlstand dagegen ist es, der die Dinge dauern macht. Er ist das unsichtbare, unterirdische Fluidum, das ein Jahrhundert lang die Mauern eines Hauses erhält und die alten Erinnerungen lebendig sein läßt: die Seele. Und du wirst ihr Leben entblößen, wie man eine Wohnung von den tausend Gegenständen entblößt, die man gar nicht mehr sah und die doch die Wohnung zu dem machten, was sie war.

Südkurier 46

Eine seltsame Traurigkeit war über sie [Genoveva] gekommen. Es war nicht ein Zurücksehnen nach Reichtum und nach dem, was er zu geben vermag: sicherlich hatte sie weniger als Jacques das Überflüssige [den wertlosen Tand] kennengelernt, aber es war ihr ganz klar, daß sie nun von Überflüssigem umgeben sein würde. Und danach hatte sie kein Verlangen. Und jene Sicherheit der Dauer – die würde sie nicht mehr haben. Und sie dachte: ›Einst dauerten die Dinge länger als ich; ich war von ihnen aufgenommen und begleitet, ich war sicher, daß sie mich immer umgeben und bewachen würden – jetzt aber, jetzt werde ich länger dauern als die Dinge.‹

Südkurier 49

Liebe heißt Wiedererkennen

Ich weiß jetzt, daß Liebe Wiedererkennen heißt und daß dies die Erkenntnis der Gesichter bedeutet, die sich durch die Dinge hindurch ablesen lassen. Die Liebe ist nichts anderes als die Erkenntnis der Götter.

Die Stadt in der Wüste 354

Ich weiß wohl, Herr, daß die Weisheit nicht in der
Antwort besteht, sondern daß sie von der wetter-
wendischen Sprache erlöst. Und das gilt auch für die
Liebenden, die auf der niedrigen Mauer vor der
Orangenpflanzung sitzen, Schulter an Schulter mit
baumelnden Beinen, und genau wissen, daß sie auf
die Fragen keine Antwort erhielten, die sie gestern
gestellt haben. Ich kenne aber die Liebe und weiß:
sie besteht darin, daß keine Frage mehr gestellt wird.
Und ich überwinde Gegensatz um Gegensatz und
schreite auf die Stille aller Fragen zu; so finde ich die
Seligkeit.

Die Stadt in der Wüste 161

Der Schmerz eines einzigen, sagte ich dir, gilt soviel
wie der Schmerz der Welt. Und die Liebe einer einzigen, mag sie noch so töricht sein, hält der Milch-
straße und ihren Sternen die Waage.

Die Stadt in der Wüste 134

Ich habe die Quelle wiedergefunden. Sie ist's, die ich
brauchte, um von der Reise auszuruhen. Sie ist da,
die anderen... Es gibt Frauen, von denen wir sagten,
sie seien nach dem Erlebnis der Liebe ins Ferne
gerückt, zu den Sternen hinauf, und sie seien nichts
als eine Erfindung des Herzens. Von Genoveva aber,
du erinnerst dich, meinten wir, sie sei bewohnt. Ich
habe sie wiedergefunden, wie man den Sinn der Dinge wiederfindet, und ich gehe an ihrer Seite in eine

Welt ein, deren Innerstes ich endlich entdecken
darf...

Südkurier 31

Da der kleine Prinz einschlief, nahm ich ihn in meine Arme und machte mich wieder auf den Weg. Ich
war bewegt. Mir war, als trüge ich ein zerbrechliches
Kleinod. Es schien mir sogar, als gäbe es nichts Zer-
brechlicheres auf der Erde. Ich betrachtete im
Mondlicht diese blasse Stirn, diese geschlossenen
Augen, diese im Wind zitternde Haarsträhne, und
ich sagte mir: Was ich da sehe, ist nur eine Hülle.
Das Eigentliche ist unsichtbar...

Der Kleine Prinz 562

Jener, der mit mir ins Feld zieht, ist ganz vom Ge-
denken an seine Geliebte erfüllt, die er weder sehen
noch berühren noch in seine Arme schließen kann
und die nicht einmal an ihn denkt; denn in dieser
frühen Morgenstunde, in der er die Weite einatmet
und jene Anziehung verspürt, nimmt sie auf ihrem
so fernen Lager überhaupt nicht lebendigen Anteil
an der Welt. Vielmehr ist sie wie abwesend, wie tot.
Sie schläft. Und doch ist der Mann von ihrem Dasein erfüllt; ihn erfüllt eine Zärtlichkeit, für die er
keine Verwendung hat, und die, sich selber vergess-
send, wie die Körner im Speicher schläft; ihn erfüllen Düfte, die er nicht einatmet; ihn erfüllt das Ge-
plätscher des Springbrunnens, der den Mittelpunkt
seines Hauses bildet und den er nicht hört, und auch

er trägt an dem Gewicht eines Reiches, das ihn von den anderen unterscheidet.

Die Stadt in der Wüste 67

Er kniete nieder [vor seiner von einer Granate getroffenen Braut], ohne zu begreifen; er schüttelte leise den Kopf und schien zu sagen: ›Wie seltsam ist das doch!‹ In diesem Gegenstand der Bewunderung, der auf solche Weise verschüttet war, erkannte er nichts vom Wesen seiner Freundin wieder. Die Verzweiflung bildete nur mit grausamer Langsamkeit in ihm ihre Grundwelle. Eine Sekunde lang noch war er vor allem verblüfft durch dieses plötzliche Verschwinden; er ließ seine Blicke umherwandern und suchte die schlanke Gestalt, als müsse wenigstens sie fortbestehen.

Aber nichts war da außer einem Schmutzhaufen. Fortgewischt war der schwache Goldton, der den Menschen auszeichnet. Während sich in der Kehle des Mannes der Schrei vorbereitete, den irgend etwas noch hinauszögerte, hatte er genug Muße, um richtig zu begreifen, daß er nicht diese Lippen, sondern ihr Schmollen und das Lächeln dieser Lippen geliebt hatte. Er liebte nicht diese Augen, sondern ihren Blick. Nicht diese Brust, sondern ihr sanftes Wogen. Er hatte Muße, um endlich die Ursache der Angst zu entdecken, die er vielleicht durch die Liebe verspürte. Jagte er nicht dem Ungreifbaren nach? Es ging nicht darum, einen Leib zu umar-

men, sondern einen Flaum, einen Lichtschein, den
schwerelosen Engel, der diesen Leib umhüllte ...

Madrid 119

Die Liebe muß ihren Gegenstand finden. Den allein
rette ich, der liebt, was ist, und den man sättigen
kann.

Die Stadt in der Wüste 25

Wenn ich von der Nächstenliebe und vom Uni-
versalen spreche, habe ich das Wichtigste vergessen: die Liebe. Was ist die Wirkung dieser Liebe,
die ohne fleischlichen Rückhalt empfunden wird?
Denn man begnügt sich mit törichtem Gerede,
wenn man sagt: »Die Mystiker, die ihre Sinnlich-
keit transponieren.« Man vergißt dabei allzusehr,
daß es auch jene andauernde Bemühung gibt, welche die Liebe in den trockenen Seelen erzeugen
möchte... Diese erstaunliche Anstrengung des alltäglichen Gebets, die bestrebt ist, vor allem das
Herz zu erziehen.

Carnets 250

Man würde gewiß eine Kultur als schön und nutz-
bringend anerkennen, wenn sie einem die Liebe zur
Frau beibrächte; das gleiche gilt von einer ritterli-
chen Sinnesart, welche die Ehrfurcht vor der Frau
lehrte.

Carnets 251

Hatte ich doch gelernt, nicht mehr zuzuhören, um
zu verstehen. Denn ich war bei ihrem Schlummer
zugegen gewesen, wenn sich ihre Lider senkten und
ihre Augen von diesem Samt umschlossen waren...
Wenn ich sie dann verließ, überkam mich das Verlangen, den höchsten Turm zu besteigen, der in die
Sterne hineinragte, um von Gott den Sinn ihres
Schlafes zu erfahren, denn das Gezänk, die nichtigen
Gedanken, die würdelose Geschäftigkeit, das eitle
Wesen –, all das schlummert dann, um erst mit dem
neuen Tage in die Seele zurückzukehren, wenn es ihnen wieder allein darum geht, über die Gefährtinnen
obzusiegen und sie aus meinem Herzen zu verdrän-
gen. »Aber wenn ich ihre Worte vergaß, so blieb nur
das Spiel eines Vogels und die Anmut der Tränen...«

Die Stadt in der Wüste 170

Ich hätte sie nach ihrem Tun und nicht nach ihren
Worten beurteilen sollen. Sie duftete und glühte für
mich. Ich hätte niemals fliehen sollen! Ich hätte hinter all den armseligen Schlichen ihre Zärtlichkeit er-
raten sollen. Die Blumen sind so widerspruchsvoll!
Aber ich war zu jung, um sie lieben zu können.

Der Kleine Prinz 517

Und er sagte auch, daß du in deinem Leib verbor-
gen seist wie die Nixe unter dem Wasserspiegel und
daß er vielerlei Zauberkünste wisse, um dich aus der
Tiefe heraufzulocken, aber das sicherste Mittel sei,

dich weinen zu machen. So also wußten wir dir Liebe abzulisten. Aber wenn wir dich freigaben, lach-
test du, und dieses Lachen brachte uns in Verwir-
rung. Du warst wie ein Vogel, der jählings
davongeflogen ist, weil die Hand, die ihn festhielt,
sich ein wenig gelockert hatte.

Südkurier 29

Als ob man eine Frau erobern könnte, indem man
Gedanken formuliert und Bilder vor ihr aufbaut, als
wären sie der Siegerpreis eines steten Wettbewerbs.
Auch ihr Gatte beginnt liebenswürdig zu werden,
gewiß wird er hernach zärtlich sein wollen. Er entdeckt sie, wenn andere sie begehrenswert gefunden
haben, wenn die Frau im Glanz des Abendkleides
und im Wunsche zu gefallen ein wenig das Weib hat
erblühen lassen. Sie aber denkt: er liebt nur, was
mittelmäßig ist. Warum liebt man sie nicht ganz?
Man liebt nur einen Teil ihrer selbst, das übrige
bleibt im Schatten. Man liebt sie, wie man Musik
liebt oder den Luxus. Gibt sie sich geistreich oder
gefühlvoll, dann wird sie begehrt. Aber woran sie
glaubt, was sie empfindet, was wirklich in ihr lebt –
darum kümmert sich keiner. Die Liebe zu ihrem
Kind, all ihre Kümmernisse, mögen sie noch so
ernsthaft sein – von diesem abseitigen Leben will
niemand wissen.

Südkurier 24

Wozu den Wechsel der Gatten gutheißen? Wer vor allem das Nahen der Liebe liebt, lernt nie die Begegnung kennen. Sie allein rette ich, die zu werden weiß, die den Kreis um den inneren Hof zu ziehen vermag, so wie sich die Zeder rings um ihr Samenkorn aufbaut und sich in den ihr gesteckten Grenzen entfaltet. Sie rette ich, die nicht so sehr den Frühling liebt wie das Gebilde einer bestimmten Blume, in der der Frühling beschlossen liegt. Die nicht vor allem die Liebe liebt, sondern ein ganz bestimmtes Gesicht, von dem die Liebe Besitz ergriff.

Die Stadt in der Wüste 26

Nur der allein macht mir Sorge, der sich in einem eitlen Lichte verzehrt: der Dichter, der von Liebe zu den Gedichten erfüllt ist, aber nicht das seine schreibt; die Frau, die in die Liebe verliebt ist, aber nicht zu werden vermag, da sie nicht zu wählen weiß. Sie alle sind voller Angst, und ich weiß, daß ich sie von dieser Angst heilen könnte, wenn ich ihnen jene Gabe verschaffte, die Opfer und Wahl und Vergessen der Welt erfordert. Denn diese Blume hier ist vor allem eine Absage an alle anderen Blumen. Und eben nur unter dieser Bedingung ist sie schön.

Die Stadt in der Wüste 45

Wenn einer eine Blume liebt, die es nur ein einziges Mal gibt auf allen Millionen und Millionen Sternen,

dann genügt es ihm völlig, daß er zu ihnen hinauf-
schaut, um glücklich zu sein. Er sagt sich: Meine
Blume ist da oben, irgendwo...

Der Kleine Prinz 514

Wenn eine Frau mir schön vorkommt, kann ich
nicht über sie sprechen. Ich sehe sie ganz einfach
lächeln. Die Intellektuellen zerlegen das Gesicht, um
es aus seinen Teilen zu erklären, aber das Lächeln sehen sie nicht mehr. Erkennen heißt nicht zerlegen,
auch nicht erklären. Es heißt, Zugang zur Schau finden. Aber um zu schauen, muß man erst teilnehmen.
Das ist eine harte Lehre...

Flug nach Arras 370

Nichts von alledem, was ich an dir liebte, hat einen
materiellen Sinn. Deine Lippen, gewiß, doch bilde-
ten sie jenes Lächeln, das der Welt der Formen an-
gehörte. Nicht die Masse deines Fleisches, sondern
seine Anordnung. Nichts, was sich durch das Physi-
sche oder chemisch erklären ließe, sondern durch die
reine Mathematik (Rhythmus) und die stofflose
Geometrie (Form). Nichts, was nicht einen geistigen
Sinn hätte.

Carnets 259

Die Sterne sind schön, weil sie an eine Blume erinnern, die man nicht sieht...

Der Kleine Prinz 561

Wenn du bei Nacht den Himmel anschaust, wird es dir sein, als lachten alle Sterne, weil ich auf einem von ihnen wohne, weil ich auf einem von ihnen lache. Du allein wirst Sterne haben, die lachen können!

Der Kleine Prinz 571

Je härter die Mühen sind, mit denen du dich um der Liebe willen aufreibst, um so mehr feuern sie dich an. Je mehr du gibst, um so mehr wächst du. Es muß aber einer da sein, der empfangen kann. Und es ist kein Geben, wenn man dabei nur verliert.

Die Stadt in der Wüste 96

Darum kann es geschehen, daß eine Frau, die schöner, vollkommener, edelmütiger ist, dir Gott doch nur in weiterer Ferne zeigt. Denn es ist nichts in ihr, was du beruhigen, sammeln, vereinigen könntest. Und wenn sie dich bittet, du möchtest dich ihr allein widmen und dich in ihrer Liebe einschließen, will sie dich nur zu einer Selbstsucht zu zweien verleiten, die man fälschlich Licht der Liebe nennt, während es sich dabei nur um eine sinnlose Feuersbrunst und ein Plündern der Speicher handelt.

Die Stadt in der Wüste 194

Mit all ihrer Untreue, ihrer Lüge, ihren Fehltritten, lockte daher eine andere weit mehr aus mir heraus; sie drang tiefer zum Quell des Herzens vor. Sie zwang mich in der Stille zu leben, die ein Ausdruck der wahren Liebe ist, und ließ mich so die Ewigkeit kosten.

Die Stadt in der Wüste 195

Die Eigenliebe ist das Gegenteil der Liebe.

Die Stadt in der Wüste 122

Ich sage dir, daß es vor allem auf die entgangene Gelegenheit ankommt. Die Zärtlichkeit, die sich nur durch Gefängnismauern äußern kann, ist vielleicht die einzige große Zärtlichkeit. Das Gebet ist fruchtbar, solange Gott nicht antwortet. Und die Steine und Dornen nähren die Liebe.

Die Stadt in der Wüste 156

Einer, der alle Menschen durch Gott hindurch liebt, liebt jeden Menschen unendlich viel mehr als der andere, der nur einen einzigen liebt und lediglich den armseligen Umkreis seiner Person auf seinen Komplizen ausdehnt. Ebenso schenkt einer, der in der Ferne den Gefahren der Seele trotzt, der Geliebten weit mehr, ohne daß sie davon weiß, denn er schenkt ihr einen Menschen, der im Dasein steht, und der wird ihr nicht durch den Mann gegeben, der sie Tag und Nacht auf den Händen trägt, aber nicht existiert.

Die Stadt in der Wüste 189

So ist es auch mit dem Mann oder der Frau, die nur das Leere in allen Wesen sehen, denn diese sind leer, wenn sie nicht als Fenster oder Luken zu Gott führen. Deshalb liebst du in der gewöhnlichen Liebe nur das, was vor dir flieht, denn sonst bist du schon gleich gesättigt und ekelst dich über dein Befriedigtsein. Und die Tänzerinnen wissen es wohl, die mir die Liebe vorspielen.

Die Stadt in der Wüste 194

Die wirkliche Liebe beginnt, wo keine Gegengabe mehr erwartet wird.

Die Stadt in der Wüste 196

Wenn deine Liebe nicht hoffen kann, Gehör zu finden, sollst du sie verschweigen. Sie kann in dir reifen, wenn Schweigen herrscht. Denn sie schafft eine Richtung in der Welt, und jede Richtung läßt dich größer werden, die es dir erlaubt, dich zu nähern, dich zu entfernen, einzutreten, hinauszugehen, zu finden, zu verlieren.

Die Stadt in der Wüste 299

Die Menschen haben keine Zeit mehr, irgend etwas kennenzulernen. Sie kaufen sich alles fertig in den Geschäften. Aber da es keine Kaufläden für Freunde gibt, haben die Leute keine Freunde mehr. Wenn du einen Freund willst, so zähme mich!«
»Was muß ich da tun?« sagte der kleine Prinz.
»Du mußt sehr geduldig sein«, antwortete der

Fuchs. »Du setzt dich zuerst ein wenig abseits von mir ins Gras. Ich werde dich so verstohlen, so aus dem Augenwinkel anschauen, und du wirst nichts sagen. Die Sprache ist die Quelle der Mißverständnisse. Aber jeden Tag wirst du dich ein bißchen näher setzen können...«

Der Kleine Prinz 553

Mein Leben ist eintönig. Ich jage Hühner, die Menschen jagen mich. Alle Hühner gleichen einander, und alle Menschen gleichen einander. Ich langweile mich also ein wenig. Aber wenn du mich zähmst, wird mein Leben wie durchsonnt sein. Ich werde den Klang deines Schrittes kennen, der sich von allen andern unterscheidet. Die anderen Schritte jagen mich unter die Erde. Der deine wird mich wie Musik aus dem Bau locken. Und dann schau! Du siehst da drüben die Weizenfelder? Ich esse kein Brot. Für mich ist der Weizen zwecklos. Die Weizenfelder erinnern mich an nichts. Und das ist traurig. Aber du hast weizenblondes Haar. Oh, es wird wunderbar sein, wenn du mich einmal gezähmt hast!
Das Gold der Weizenfelder wird mich an dich erinnern. Und ich werde das Rauschen des Windes im Getreide liebgewinnen...«

Der Kleine Prinz 552

Ich werde dir nicht die Gründe sagen, weshalb du mich lieben sollst, denn du hast keine Gründe. Der

Grund zum Lieben ist die Liebe selber. Ich werde mich dir auch nicht so zeigen, wie du mich wünschtest. Denn diesen Menschen wünschst du dir selber nicht mehr.

Die Stadt in der Wüste 394

Ich liebe nur den, dessen Tod mir das Herz zerreißen würde.

Die Stadt in der Wüste 429

Denn irgendwo gibt es Liebende, die schweigen, bevor sie zu sprechen wagen, und sie schauen sich an und möchten reden..., denn wenn der eine spricht und der andere die Augen schließt, wird sich das Weltall verändern. Und du behütest dieses Schweigen. Denn es gibt irgendwo jenen letzten Atemzug vor dem Tode. Und sie neigen sich, um das Wort des Herzens und den Segen für alle Ewigkeit zu empfangen, den sie in sich verschließen werden, und da sie es erhalten haben, rettest du das Wort eines Toten.

Die Stadt in der Wüste 327

Vom Sinn der Dinge

Die Seligkeit ist der Besitz des höchsten Begriffs, der Zugang zu einem Gesichtspunkt, der das Weltall vereinheitlicht. Meine Kenntnis des Weltalls als solches hat sich nicht vermehrt. Doch es gibt keinen Streit mehr zwischen dem Weltall und mir.

Carnets 297

Die Größe eines Berufes besteht vielleicht vor allem anderen darin, daß er Menschen zusammenbringt. Es gibt nur eine wahrhafte Freude: den Umgang mit Menschen. Das haben uns Mermoz und andere gelehrt. Wenn wir nur für Geld und Gewinn arbeiten, bauen wir uns ein Gefängnis und schließen uns wie Klausner ein. Geld ist nur Schlacke und kann nichts schaffen, was das Leben lebenswert macht.

Wind, Sand und Sterne 199

Sie verdarben am Trugbild eines Glückes, das sie aus ihren Besitztümern gewannen. Während doch das Glück nur auf der Glut der Taten und der Befriedigung über die schöpferische Leistung beruht. Alle die, die nichts Eigenes mehr austauschen, die ihre Nahrung von anderen empfangen – mag sie auch noch so fein und auserlesen sein –, ja selbst die Feinsinnigen, die fremden Gedichten lauschen, ohne ihre eigenen zu schreiben; die die Oase genießen, ohne sie mit Leben zu erfüllen, und die fremden Lobgesänge verwenden, die man ihnen fertig geliefert hat – sie alle binden sich selbst an der Raufe ihres Stalles fest und sind reif für die Sklaverei, da sie sich mit dem Dasein des Herdenviehs begnügen.

Die Stadt in der Wüste 53

Die Erde schenkt uns mehr Selbsterkenntnis als alle Bücher, weil sie uns Widerstand leistet. Und nur im Kampf findet der Mensch zu sich selber. Aber er

braucht dazu ein Werkzeug, einen Hobel, einen
Pflug. Der Bauer ringt in zäher Arbeit der Erde immer wieder eines ihrer Geheimnisse ab, und die
Wahrheiten, die er ausgräbt, sind allgültig. So stellt
auch das Flugzeug, das Werkzeug des Luftverkehrs,
den Menschen allen alten Welträtseln gegenüber
und wird uns zum Werkzeug der Erkenntnis und der
Selbsterkenntnis.

Wind, Sand und Sterne 177

Der Mensch sucht seine eigene Dichte und nicht
sein Glück.

Die Stadt in der Wüste 228

… das Gewicht einer wirklichen Gegenwart zu
spüren: Mein Alter zum Beispiel! Doch, das Alter eines Menschen ist eindrucksvoll. Es enthält sein
ganzes Leben. Die Reife, die nun sein ist, ist langsam
entstanden. Sie hat sich gegen so viele nun überwundene Hindernisse gebildet, gegen so viele schwere,
nun wieder geheilte Krankheiten, gegen so viele ge-
stillte Schmerzen, überwundene Verzweiflungen, gegen Gefahren, von denen die meisten dem Bewußtsein entgangen sind. Sie ist quer durch Wünsche,
Hoffnungen und Sehnsüchte, durch viel Vergessen
und viel Liebe hindurch gewachsen. Ja, das Alter eines Menschen, es bedeutet eine schöne Fracht von
Erfahrungen und Erinnerungen! Trotz der Fallen,
der Stöße, der Räder- spuren hat man wohl oder

übel seinen Weg verfolgt, holterdiepolter wie ein
guter Karren.

Briefe an einen Ausgelieferten 196

Wenn mich die Erfahrung gelehrt hat, daß sich ver-
hältnismäßig mehr Glückliche in den Wüsten, in den
Klöstern und bei der Aufopferung als bei den
seßhaften Bewohnern glücklicher Oasen oder der
sogenannten glücklichen Inseln entdecken lassen, so
habe ich nicht daraus geschlossen – was töricht gewesen wäre –, daß die Güte der Nahrung dem Glück
widerstreite, sondern lediglich, daß den Menschen
dort, wo die Güter zahlreicher sind, mehr Möglich-
keiten geboten werden, sich über die Natur ihrer
Freuden zu irren, denn diese scheinen in der Tat von
den Dingen herzurühren, während die Menschen in
Wahrheit ihre Freude nur durch den Sinn erlangen,
den diese Dinge in einem bestimmten Reiche oder
Hause oder Landgut annehmen. So kann es denn in
der Wohlhabenheit geschehen, daß sie sich täuschen
und häufiger als die anderen eitlen Reichtümern
nachjagen. Hingegen wissen die Menschen in der
Wüste oder in den Klöstern, da sie nichts besitzen,
mit Sicherheit, woher ihre Freuden stammen, und
bewahren daher leichter den eigentlichen Quell ihrer
Inbrunst.

Die Stadt in der Wüste 397

Friede bedeutet in einem Gesicht lesen, das sich
hinter den Dingen zeigt, wenn sie ihren Sinn und

ihren Platz bekommen haben. Wenn sie einen Teil von etwas Umfassenderem bilden als sie selbst, wie all die verschiedenen Mineralien des Erdbodens, sobald sie sich im Baum zusammengefunden haben.

Flug nach Arras 404

So habe ich lange den Sinn des Friedens bedacht. Er kommt nur durch die Kinder, die geboren werden, die geborgene Ernte, das endlich geordnete Haus. Er kommt von der Ewigkeit, in die die vollendeten Dinge eingehen. Friede der vollen Scheuern, der schlafenden Schafe, des gefalteten Linnens, Friede, der von allem ausgeht, das Gottes Geschenk wurde, sobald es wohlgetan ist.

Die Stadt in der Wüste 27

Nicht etwa, daß ich nicht an den Krieg, an Tod, Opfer, an Frankreich, an alles mögliche denke, mir fehlt jedoch ein leitender Gedanke, eine klare Sprache. Ich denke in Widersprüchen. Meine Wahrheit besteht aus Bruchstücken, und ich kann nur eines nach dem andern von ihnen betrachten. Wenn ich am Leben bleibe, will ich die Nacht zum Überlegen abwarten. Die heißgeliebte Nacht. Nachts, da schläft der menschliche Verstand, und die Dinge sind nur noch ganz einfach da. Alles, was wirklich wichtig ist, gewinnt wieder Gestalt, ersteht neu aus der zerstörenden Zergliederung des Tages. Der

Mensch setzt seine Bruchstücke aneinander und wird wieder geruhsam, einem Baume gleich.

Flug nach Arras 351

Ich wollte mich niedersetzen und den Frieden genießen. Und nun zeigt es sich, daß es keinen Frieden gibt. Und nun erkenne ich, daß sich alle die getäuscht haben, die mir auf meinen vergangenen Siegen eine Ruhestatt bereiten wollten und sich einbildeten, man könne einen Sieg einschließen und aufbewahren, während es doch dabei geht wie mit dem Winde, der nicht mehr vorhanden ist, wenn du ihn aufbewahrst. Der war ein Narr, der das Wasser in seiner Urne verschloß, weil er das Rauschen der Brunnen liebte.

Die Stadt in der Wüste 503

Zu meiner Bestürzung werde ich mir über etwas klar, was keiner zugeben will: das Geistige lebt nur mit Unterbrechungen. Die Intelligenz allein lebt dauernd oder doch nahezu ständig. Meine Fähigkeiten im Zergliedern schwanken wenig. Der Geist dagegen betrachtet nicht die Dinge, sondern den Sinn, der sie miteinander verknüpft. Er liest das Gesicht durch und durch. Und eben der Geist wechselt von völliger Hellsicht zu völliger Blindheit. Für den, der sein Gut liebt, kommt die Stunde, da er in ihm nur noch wahllose Dinge angehäuft findet. Wer seine Frau liebt, für den kommt der Augenblick, da er in

der Liebe nur noch Sorgen, Widrigkeiten, Zwang erkennt. Wer eine bestimmte Musik liebt, für den
schlägt die Stunde, wo sie nicht mehr zu ihm findet.

Flug nach Arras 355

Das Bild, das ein jeder nach seiner Art lieben mag,
kann das gleiche sein. Nur eine unzureichende Sprache läßt die Menschen sich entzweien; ihre Wünsche
sind voneinander nicht verschieden. Noch nie bin
ich einem begegnet, der Unordnung oder Nieder-
tracht oder Zerstörung gewünscht hätte. Vom einen
Ende der Welt bis zum anderen gleicht sich das Bild,
das ihnen vorschwebt und das sie erschaffen möchten; nur die Wege sind verschieden, auf denen sie es
zu erreichen suchen. Der eine glaubt, die Freiheit
werde den Menschen sich entfalten lassen, der andere, der Zwang werde ihn groß machen, und beide
wünschen sie seine Größe. Der eine glaubt, die Liebe werde die Menschen zusammenführen, der andere verachtet die Güte, die nur Achtung vor dem Ge-
schwür ist, und zwingt sie, einen Turm zu bauen,
damit sich einer im andern begründe. Und beide arbeiten sie für die Liebe. Der eine glaubt, der Wohlstand bewältige alle Probleme, denn der Mensch,
der all seiner Bürden ledig sei, werde die Zeit finden,
sein Herz, seine Seele und seinen Verstand zu pflegen. Der andere aber glaubt, der Wert ihres Herzens,
ihres Verstandes und ihrer Seele beruhe nicht auf
den Speisen, die man den Menschen reicht, und
nicht auf den Erleichterungen, die man ihnen ver-

gönnt, sondern auf den Opfern, die man von ihnen verlangt. Er glaubt, daß allein jene Tempel schön seien, die auf Gottes Geheiß entstehen und ihm zur Tilgung einer Schuld übergeben werden. Alle beide wünschen sie jedoch die Seele, den Verstand und das Herz zu verschönen. Und beide sind sie im Recht, denn wer gedeiht in der Versklavung, unter dem Druck einer grausamen und vertierenden Arbeit? Wer aber gedeiht in Zügellosigkeit, in Achtung vor Fäulnis und sinnloser Arbeit, die nur noch einen Zeitvertreib für Müßige darstellt?

Die Stadt in der Wüste 93

Die Intelligenz, die demontiert und die Teilstücke aneinanderreiht, sofern sie sich nicht spielerisch damit vergnügt, ihre Anordnung zu verfälschen, um den pittoresken Reiz zu erhöhen, – die Intelligenz verdirbt den Sinn für das Wesentliche. Wenn man Zustände analysiert, erfaßt man nichts mehr vom Menschen. Ich bin weder alt noch jung. Ich bin jemand, der sich im Übergang von der Jugend zum Alter befindet. Ich bin etwas, was Gestalt annimmt. Ich bin ein Altwerden. Eine Rose ist nicht etwas, was aufblüht, sich öffnet und verwelkt. Das ist eine pädagogische Beschreibung, eine Analyse, mit der die Rose umgebracht wird. Eine Rose – das sind keine Zustände, die aufeinanderfolgen, eine Rose ist ein etwas schwermütiges Fest.

Kriegsbriefe an einen Freund 173

In diesem Licht verstehe ich vollkommen die Bedeutung der Freiheit. Sie bedeutet freies Wachstum eines
Baumes im Kraftfeld seines Samens. Sie bedeutet Le-
bensbedingung für den Aufstieg des Menschen. Sie
gleicht einem günstigen Wind. Dank dem Wind allein sind die Segler frei auf den Wogen.
Ein so gebauter Mensch würde über Baumeskräfte
verfügen. Welchen Raum würde er nicht mit seinen
Wurzeln bedecken! Welchen menschlichen Rohstoff
würde er nicht aussaugen, um ihn im Sonnenlicht zu
entfalten!

Flug nach Arras 476

Denn es ist mir vergönnt zu begreifen, daß aller Fortschritt des Menschen in der Entdeckung besteht, wie
seinen Fragen, einer nach der anderen, kein Sinn inne-
wohnt; habe ich doch meine Weisen befragt, und sie
haben nicht etwa einige Antworten auf die Fragen des
letzten Jahres gefunden – nein, Herr, sie lächeln heute
über sich selber, denn die Wahrheit kam ihnen als das
Auslöschen einer Frage.

Die Stadt in der Wüste 161

Offensichtlich ist es schwer, als Nicht-Finalist das
Problem des Lebenssinns anzupacken. Wenn ich den
Vorzug der religiösen Deutung verloren habe, muß
ich zumindest die Werte transponieren, denn sie sind
notwendig und fruchtbar. Wenn das menschliche Leben keinerlei Sinn hat, der es ein Ziel erstreben läßt,

beschränkt sich das Wünschen darauf, so gut wie
möglich zu leben – aber ich kann mich nicht mit
dem greulichen Bridgespieler zufriedengeben, der
seine Jahre nacheinander aufbraucht, ohne etwas in
sich selber vorzubereiten; in diesem Insekt, das ein-
gemauert mit seinen Essensvorräten lebt, steckt etwas, das nicht menschlich ist. Der Mensch soll anderswo suchen und aus sich herausgehen (Musik,
Dichtung, Religion, Opfer, Universalität usw. ...);
der kleine Ingenieur aus X., mit dem ich in Perpign-
an aß und der abgesehen von den Gleichungen seines Berufs und dem Poker-As nichts wußte – etwas
in ihm ist verfehlt.
Er kann sich für glücklich halten, er kann es vorziehen, daß er so ist, es fehlt doch das wirkliche Glück
(da, in Ermanglung eines Ziels, lediglich ein Besitz-
gefühl übrigbleibt), das eine wahrhaft menschliche
Tätigkeit begleitet.

Carnets 256

So haben wir den Menschen verloren. Und indem
wir den Menschen verloren, haben wir die ganze innere Wärme jener Brüderlichkeit selbst vertan, die
unsere Kultur uns predigte – denn Bruder ist einer ja
nur in irgend etwas und nicht Bruder schlechthin.
Teilung sichert nicht Bruderschaft. Diese knüpft sich
allein im Opfer. Sie knüpft sich in der gemeinsamen
Hingabe an etwas Umfassenderes als wir selbst. Indem wir jedoch diese Wurzel jeder wahrhaften Existenz mit einer unfruchtbaren Verkümmerung ver-

wechselten, haben wir unsere Brüderlichkeit derart
verkleinert, daß sie nur noch eine gegenseitige Rück-
sichtnahme geworden ist.
Wir haben mit dem Schenken aufgehört. Wenn ich
nun aber nur noch mir selbst zu geben gewillt bin,
empfange ich nichts; denn ich baue nichts auf, an
dem ich teilhaben will, und daher bin ich nichts.
Wenn man dann zu mir kommt und von mir verlangt, ich solle für bestimmte Interessen und Zwecke
sterben, dann weigere ich mich zu sterben. Mein In-
teresse verlangt zunächst, daß ich lebe. Welche über-
quellende Liebe würde meinen Tod vergelten? Man
stirbt für ein Heim. Nicht für Möbel und Mauern.
Man stirbt für einen Dom. Nicht für Steine. Man
stirbt für ein Volk. Nicht für eine Menge. Man stirbt
aus Liebe zum Menschen, wenn er der Schlußstein
im Gewölbe einer Gemeinschaft ist. Man stirbt für
das allein, aus dem man leben kann.

Flug nach Arras 480

Wie töricht ist einer, der das Glück der Menschen in
der Befriedigung ihrer Wünsche suchen möchte und
der glaubt, da er ihnen zusah, wie sie ihres Weges
zogen, es komme den Menschen vor allem darauf
an, ihr Ziel zu erreichen. Als ob es jemals ein Ziel gegeben hätte.

Die Stadt in der Wüste 388

Du wirst mir sagen: Was soll ich denn erstreben, da
ja das Ziel ohne Bedeutung ist? Und als Antwort

kann ich dir jenes große Geheimnis mitteilen, das
sich unter gewöhnlichen und einfachen Worten ver-
birgt und das mich die Weisheit allmählich im Laufe
des Lebens gelehrt hat: daß nämlich die Vorberei-
tung der Zukunft nur im Begründen der Gegenwart
besteht. Und daß sich alle in Utopien und Bestrebungen verzehren, die fernen Bildern nachjagen,
Früchten ihrer eigenen Erfindung. Aber die einzige
wahrhafte Erfindung besteht in einer Entzifferung
der Gegenwart, ihrer unzusammenhängenden Seiten
und ihrer widerspruchsvollen Sprache. Gibst du dich
hingegen mit den Albernheiten deiner leeren Zu-
kunftsträume ab, so gleichst du dem Manne, der davon überzeugt ist, er könne mit der Leichtigkeit seiner Schreibfeder seine Säule erfinden und den neuen
Tempel erbauen. Denn wie könnte er so seinem
Feinde begegnen, und wie sollte er zu sich selber ge-
langen, wenn er nicht auf einen Gegner stößt? Woran könnte er dann seine Säule formen? Die Säule
entsteht im Laufe der Generationen aus der ständi-
gen Reibung mit dem Leben. Auch eine Form erfin-
dest du nicht; der Gebrauch schleift sie zurecht. Und
so entstehen die großen Werke und Reiche.

Die Stadt in der Wüste 199

Meine Kultur beruht auf dem Kult des Menschen
durch die Individuen hindurch. Sie hat jahrhundertelang den Menschen zu zeigen versucht, wie sie gelehrt hätte, einen Dom durch Steine hindurch zu erkennen. Sie hat diesen Menschen gepredigt, der über

dem Individuum stand... Denn der Mensch meiner
Kultur bestimmt sich nicht von den Individuen her.
Die Individuen werden durch ihn bestimmt. In ihm
wie in jedem Wesen ist etwas, das die Bausteine, die
es zusammensetzen, nicht erklären. Ein Dom ist etwas ganz anderes als eine Summe von Steinen. Er ist
Rechen- und Baukunst. Nicht die Steine bestimmen
ihn, er bereichert die Steine durch seine eigene Sinn-
gebung. Diese Steine sind dadurch geadelt, daß sie
zu Steinen eines Domes werden. Die verschiedenar-
tigsten Steine dienen seiner Einheit. Der Dom be-
zieht in sein Hoheslied sogar die fratzenhaftesten
Dachspeier ein.

Flug nach Arras 471

Wisse also, daß jede wirkliche Schöpfung nicht in
einer Vorwegnahme der Zukunft, in der Verfolgung
von Hirngespinsten und Utopien besteht; sie ist vielmehr ein neues Gesicht, das dich die Gegenwart lesen läßt, und diese bewahrt den ungeordneten Stoff
als ein Erbe, über das du dich weder freuen noch beklagen solltest, denn da es entstanden ist, existiert es
nun einmal, so wie du selber existierst.

Die Stadt in der Wüste 200

Sobald dir das Landgut, das Bildwerk, das Gedicht, das Reich, die Frau oder Gott, durch das
Mitleid mit den Menschen, für einen Augenblick
geschenkt werden, so daß du sie in ihrer Einheit er-

fassest, heiße ich Liebe jenes Fenster, das sich dann in dir geöffnet hat. Und ich heiße es Tod deiner Liebe, wenn es für dich nur noch eine Anhäufung gibt. Und doch hat sich all das nicht verändert, was dir durch die Sinne dargeboten wird.

Die Stadt in der Wüste 354

Gott kommt wie ein Hauch

Ich will, daß sie die Wiederkehr der Jahreszeiten preisen. Ich will, daß sie sich reifenden Früchten gleich von Stille und Langsamkeit nähren. Ich will, daß sie lange ihre Verstorbenen beweinen und lange die Toten ehren, denn das Erbe geht nur langsam von einem Geschlecht auf das andere über, und ich möchte nicht, daß sie unterwegs ihren Honig verlieren. Ich will, daß sie dem Ölzweig gleichen. Ihm, der erwartet. Dann werden sie beginnen, den großen Pendelschlag Gottes in sich zu spüren; denn Gott kommt wie ein Hauch, um den Baum zu erproben. Er führt sie und geleitet sie heim, von der Morgenröte zur Nacht, vom Sommer zum Winter, von der sprießenden Saat zur geborgenen Ernte, von der Jugend zum Alter und vom Alter sodann zu neuen Kindern.

Die Stadt in der Wüste 23

Ich verstehe den Ursprung der Achtung der Menschen voreinander. Der Gelehrte schuldete selbst dem Kohlenträger Achtung; denn durch den Kohlenträger achtete er Gott, dessen Sendbote auch der Kohlenträger ist. Was auch der hohe Wert des einen und der bescheidene des andern sein mochten, kein Mensch konnte Anspruch darauf erheben, einen andern zu versklaven. Man demütigt keinen Sendboten. Aber diese Achtung vor dem Menschen hatte nicht das erniedrigende Kriechen vor der Mittelmäßigkeit, vor der Dummheit oder Unwissenheit zur Folge, weil in erster Linie diese Eigenschaft eines Sendboten Gottes geehrt wurde. So gründete die Liebe zu Gott zwischen den Menschen edle Beziehungen, da die Angelegenheiten sich von Sendboten zu Sendboten auf einer höheren Ebene als ihrer individuellen Eigenschaft regelten.

Flug nach Arras 473

Du wirst kein Zeichen empfangen, denn das Merkmal der Gottheit, von der du ein Zeichen verlangst, ist eben das Schweigen. Und die Steine wissen nichts vom Tempel, den sie bilden, und können nichts wissen. So weiß ein Stück Rinde nicht vom Baum, den es mit anderen bildet. So weiß der Baum selbst oder irgendeine Behausung nichts vom Landgut, das sie mit anderen bilden. So weißt du nichts von Gott. Denn dazu müßte sich der Tempel dem Stein oder der Baum der Rinde offenbaren, was keinen Sinn hat, denn es gibt für den Stein keine Sprache, womit

er ihn empfangen könnte. Die Sprache gehört zur
Stufe des Baumes. Das war meine Entdeckung nach
jener Reise gen Gott.

Die Stadt in der Wüste 274

Es gibt nämlich nicht bloß Menschen, die glauben,
und Menschen, die nicht glauben; vielmehr sind diese beiden Gruppen durch keine wirksame Grenze
getrennt, da sich Menschen, die zu ihnen gehören,
auf beiden Seiten der Grenze befinden.

Carnets 250

Gott ist wahr, aber vielleicht von uns erschaffen.

Carnets 252

Was kümmert es mich, ob Gott nicht existiert: Gott
verleiht dem Menschen etwas Göttliches. – Gott.
Die Spielregel hat auf erregende Weise ihren Sitz
nicht in der willkürlichen Dichte eines Individuums,
sondern außerhalb, das heißt in Gott. Das heißt: in
allem und in nichts. Gott ist das vollkommene sym-
bolische Fundament des zugleich Unzugänglichen
und Absoluten.

Carnets 256

Ich verstehe schließlich, warum die Liebe zu Gott
die Menschen füreinander verantwortlich gemacht
und ihnen die Hoffnung als eine Tugend auferlegt
hat. Da sie aus jedem von ihnen einen Sendboten

desselben Gottes machte, ruhte in den Händen eines jeden das Heil aller. Als Sendbote eines Größeren als er selbst, brauchte keiner zu verzweifeln. Verzweiflung bedeutete Verleugnung Gottes in einem selbst. Die Pflicht zur Hoffnung hätte sich folgendermaßen ausdrücken lassen: Du hältst dich also für so wichtig? Was bildest du dir mit deiner Verzweiflung ein?

Flug nach Arras 475

Wenn der Glaube erlischt, stirbt Gott und erweist sich fortan als unnötig.

Die Stadt in der Wüste 66

Der ist töricht, der von Gott eine Antwort erwartet. Wenn Er dich aufnimmt, wenn Er dich heilt, so geschieht es, weil Er mit Seiner Hand deine Fragen gleich dem Fieber von dir nimmt. So ist es.

Die Stadt in der Wüste 162

Und Gott lernst du nur kennen, wenn du dich in Gebete versenkst, auf die dir keine Antwort zuteil wird.

Die Stadt in der Wüste 186

Und ich lernte die Langeweile kennen, die vor allem in der Gottesferne besteht.

Die Stadt in der Wüste 265

Was aber dem Leben Sinn verleiht, gibt auch dem Tod Sinn. Es ist leicht zu sterben, wenn es in der Ordnung der Dinge liegt. Es ist nicht so schwer für den Bauern aus der Provence, wenn er am Ende seines Waltens seinen Besitz an Ziegen und Ölbäumen seinen Söhnen übergibt, damit diese ihn einst den Kindern ihrer Kinder weiterreichen. In einer Bauernsippe stirbt man niemals ganz. Jedes Leben zerspringt wie eine Schote, die ihre Körner abgibt.

Wind, Sand und Sterne 335

Eisig, o Herr, ist zuweilen meine Einsamkeit. Und ich begehre nach einem Zeichen in der Wüste meiner Verlassenheit. Doch im Laufe eines Traumes hast Du mich belehrt. Ich habe begriffen, daß jedes Zeichen eitel ist, denn gehörtest Du meiner Stufe an, so zwängest Du mich nicht zum Wachsen. Und was vermag ich anzufangen mit mir, o Herr, so wie ich bin?

Darum wandere ich und forme Gebete, auf die keine Antwort erteilt wird, und habe als Führung, so blind bin ich, nur eine schwache Wärme auf meinen zerschundenen Handflächen, und doch lobe ich Dich, Herr, weil Du mir nicht antwortest, denn wenn ich gefunden habe, was ich suche, Herr, wird mein Werden vollendet sein.

Die Stadt in der Wüste 623

Wenn sich die Kameltreiber verirren und in diese Schlinge geraten, die noch nie ihre Beute wieder her-

gegeben hat, erkennen sie sie nicht von vornherein, denn sie hat keinerlei Kennzeichen, und so schleppen sie, wie einen Schatten ins Sonnenlicht, ihre gespenstische Gegenwart mitten hinein. Festgeklebt auf dieser Leimrute des Lichtes, glauben sie zu gehen; schon von der Ewigkeit verschlungen, glauben sie, noch zu leben. Sie treiben ihre Karawane weiter voran, dorthin, wo keine Anstrengung mehr gegen den stummen Widerstand der Weite aufkommt. Während sie einem Brunnen entgegenziehen, den es nicht gibt, freuen sie sich über die Frische der Abenddämmerung, die doch fortan nur ein nutzloser Aufschub ist. Vielleicht klagen sie über die Länge der Nächte – die Einfältigen! –, da doch die Nächte gar bald über sie hinwegziehen werden wie das Auf- und Niederschlagen der Augenlider. Noch schmähen sie sich in kehligen Lauten wegen kleiner Ungerechtigkeiten und wissen nicht, daß für sie die Gerechtigkeit schon ihren Lauf genommen hat.
Glaubst du, daß hier eine Karawane dahineilt? Laß zwanzig Jahrhunderte vergehen und komm zurück, um nachzuschauen!

Die Stadt in der Wüste 19

Meine Kultur, ein Erbe Gottes, hat jeden für alle Menschen und alle Menschen für jeden einzelnen verantwortlich gemacht. Ein Individuum soll sich für die Rettung einer Gemeinschaft opfern, doch dreht es sich hierbei nicht um ein albernes Rechenkunststück. Es geht um die Achtung vor dem Menschen durch das Individuum hindurch. Tatsächlich

besteht die Größe meiner Zivilisation darin, daß
hundert Bergleute sich in ihr dazu verpflichtet
fühlen, ihr Leben für die Rettung eines einzigen ver-
schütteten Bergmanns zu wagen. Sie retten den
Menschen.

Flug nach Arras 475

So steht es mit dir, du kleiner Mensch. Gott läßt
dich geboren werden und aufwachsen, er erfüllt dich
nacheinander mit Wünschen und Klagen, mit Freuden und Leiden, mit Zorn und Vergebung; dann
nimmt er dich heim zu sich. Du bist indessen weder
dieser Schüler noch dieser Gatte, weder dieses Kind
noch dieser Greis. Du bist einer, der sich vollendet.
Und wenn du dich als ein wiegender Zweig zu entdecken weißt, der fest mit dem Ölbaum verwachsen
ist, wirst du in deinen Bewegungen die Ewigkeit kosten. Und alles um dich her wird ewig werden. Der
Brunnen wird ewig sein, der sein Lied singt und
schon deine Väter gelabt hat; das Licht der Augen
wird ewig sein, wenn dir deine Geliebte zulächelt;
die Kühle der Nächte wird ewig sein. Die Zeit ist
dann nicht mehr ein Stundenglas, das seinen Sand
verbraucht, sondern eine Schnitterin, die ihre Garbe
bindet.

Die Stadt in der Wüste 24

Ich bin erschrocken angesichts der Schwierigkeit,
die Autorität von etwas anderem als von Gott her-
zuleiten. Man sät aus der Höhe.

Carnets 257

Und als ich weiterging, weinte ein kleines Mädchen am Brunnen; es hatte die Stirn ganz vergraben in seinem Ellbogen. Ich legte ihm sanft die Hand aufs Haar und bog sein Gesicht zu mir hin, aber ich fragte es nicht nach der Ursache seines Kummers, denn ich wußte wohl, daß es sie nicht kennen konnte. Denn Kummer entsteht stets aus der verrinnenden Zeit, die ihre Frucht nicht ausgereift hat. Es ist Kummer über die Flucht der Tage, Kummer über das verlorene Armband, der nichts anderes ist als Kummer über den Leerlauf der Zeit. Kummer über den Tod des Bruders, der nichts anderes ist als Kummer über die Zeit, die zu nichts mehr dient. Und wenn jenes Mädchen einst eine alte Frau sein wird, wird ihr Kummer dem Abschied des Geliebten gelten; und ohne davon zu wissen, wird sie dann darum trauern, daß sie den Weg zum Wirklichen verfehlt hat – den Weg zum Kochkessel, zum wohlumhegten Hause, zu den Kindern, die es zu stillen gilt. Und auf einmal wird die Zeit nutzlos durch sie hindurchrinnen wie durch eine Sanduhr. Dort aber trat strahlend eine Frau auf die Schwelle und blickte mir in der Fülle ihrer Freude geradewegs ins Gesicht, vielleicht wegen ihres Kindes, das eingeschlafen war, oder wegen der duftenden Suppe oder wegen einer alltäglichen Heimkehr. Und auf einmal gehörte ihr die Zeit.

Die Stadt in der Wüste 48

Ich habe einen Fall von Selbstmord erlebt. Irgendein Liebeskummer trieb den jungen Menschen dazu, sich mit größter Genauigkeit die Kugel mitten ins Herz zu jagen. Dazu hatte er, Gott weiß von welchem literarischen Vorbild verführt, weiße Handschuhe angezogen. Ich mußte daran denken, wie sehr ich diese traurige Schaustellung nicht als vornehm, sondern als erbärmlich empfand. Nichts, gar nichts hatte also hinter dieser Menschenstirn über dem freundlichen Gesicht gesteckt, nichts als das Bild eines albernen kleinen Mädchens, das nicht anders war als tausend andere auch.

Wind, Sand und Sterne   210

Gegenüber diesem kläglichen Schicksal erinnerte ich mich eines wirklichen Männertodes, des Sterbens eines Gärtners, der mir sagte: »Wissen Sie, manchmal habe ich beim Graben tüchtig geschwitzt, und das Reißen im Bein war kaum auszuhalten, und ich habe über die Knechtschaft geflucht. Und heute, da möchte ich graben, das Land umgraben; nichts kommt mir schöner vor als Graben. Dabei ist man doch frei. Und wer wird nun meine Bäume verschneiden?« Er ließ urbares Land zurück, eine urbare Welt. Denn allem Fruchtland und allen Fruchtbäumen der ganzen Welt war er in Liebe verbunden. Er war der Freigebige, er war der Verschwender, der große Herr. Er war – wie Guillaumet der tapfere Ritter, als er im Namen seiner Schöpfung mit dem Tode rang.

Wind, Sand und Sterne   210

Ich erschrecke, wenn Gott sich bewegt. Möge er doch in der Ewigkeit wieder zur Ruhe kommen, der Unwandelbare. Denn es gibt eine Zeit für die Erschaffung der Welt, aber es gibt auch eine Zeit, eine glückliche Zeit, die das Überlieferte bewahrt.

Die Stadt in der Wüste 28

Du stirbst nicht. Die Furcht vor dem Tode bildest du dir ein: du fürchtest das Unerwartete, die Explosion, du fürchtest dich selbst. Den Tod? Nein. Er ist kein Tod mehr, wenn du ihm begegnest. Mein Bruder hat mir gesagt: »Vergiß nicht, das alles aufzuschreiben...« Wenn der Körper abfällt, kommt das Wesentliche zum Vorschein. Der Mensch ist nichts als ein Bündel von Beziehungen. Die Beziehungen allein zählen beim Menschen.

Flug nach Arras 441

Gewiß habe ich Menschen den Tod fliehen sehen, die schon im voraus über die Begegnung bestürzt waren. Doch laßt euren Irrtum fahren: noch nie sah ich einen Sterbenden von Furcht befallen!
Warum also sollte ich sie beklagen? Warum sollte ich meine Zeit damit verlieren, ihre Vollendung zu beweinen? Allzugut lernte ich die Vollkommenheit der Toten kennen. Streifte mich jemals ein leichterer Hauch als der Tod jener Sklavin, mit der man meine sechzehn Jahre erfreute, und die sich schon anschickte zu sterben, als man sie mir brachte; sie atmete in so kurzen Stößen und verbarg ihr Röcheln in

den Leinentüchern, am Ziel ihres Laufes, wie die
Gazelle, schon zu Tode gehetzt, aber ohne davon zu
wissen, denn sie liebte es zu lächeln. Doch dieses
Lächeln war Windhauch überm Flusse, Fährte eines
Traumes, Kielspur eines Zeichens; und von Tag zu
Tag läuterte es sich und wurde immer kostbarer, immer schwerer festzuhalten, bis es zu jener ganz einfachen und so reinen Linie wurde, als das Zeichen
erloschen war.

Die Stadt in der Wüste 17

Es kommt darauf an, daß du auf etwas zugehst,
nicht daß du ankommst; denn man kommt nirgendwo an, außer im Tode.

Die Stadt in der Wüste 193

Und ich fand kein schöneres Gleichnis, um ihnen zu
dienen, als die Grabstätte, wo die Anverwandten
mit zögernden Schritten den Stein der Ihren unter
den Steinen suchen und dabei wissen, daß der Tote
zur Erde zurückgekehrt ist wie zu einer Weinlese
und wieder zum Stoff der Natur geworden ist. Zugleich aber wissen sie, daß etwas von ihm bleibt: eine Reliquie in ihrem Schrein, die Form einer Hand,
die einstmals liebkoste, der Schädel – dieses Schatz-
kästlein, das freilich jetzt leer ist, aber so viele Wunder in sich barg.

Die Stadt in der Wüste 218

Und mir erschloß sich die große Wahrheit der Fort-
dauer. Denn du hast nichts zu erhoffen, wenn nichts
länger dauert als du selbst. Und ich erinnere mich jener Völkerschaft, die ihre Toten ehrte. Und die
Grabsteine einer jeden Familie empfingen nacheinander die Toten. Und diese waren es, die die Fort-
dauer begründeten.

– Seid ihr glücklich? fragte ich sie.

– Und wie sollten wir es nicht sein, da wir wissen,
wo wir schlafen werden...

Die Stadt in der Wüste 264

Sprache – Kunst – Kultur

Von nun an meine ich besser zu erkennen, was Kultur ist. Eine Kultur ist eine Erbmasse von Glauben, Gewohnheiten und Erkenntnissen, die, langsam im Lauf von Jahrhunderten erworben, rein logisch manchmal schwer zu rechtfertigen sind, die sich aber ganz von selbst rechtfertigen wie Wege, wenn sie irgendwohin führen, da sie dem Menschen seine innere Weite auftun.

Flug nach Arras 401

Die wirkliche Weite ist nicht für das Auge, sie wird
nur dem Geist offenbart. Sie hat die Bedeutung der
Sprache; denn die Sprache verbindet die Dinge.

Flug nach Arras 401

Es ist ein Irrtum zu glauben, etwas existiere nicht,
weil sich nichts darüber aussagen läßt. Denn Aussagen ist gleichbedeutend mit Wahrnehmen. Und der
Teil im Menschen, der bislang gelernt hat, wahrzu-
nehmen, ist nur schwach entwickelt. Was ich eines
Tages wahrnehme, hat auch schon am Tage zuvor
existiert, und ich irre mich, wenn ich mir einbilde,
das, was ich vom Menschen nicht ausdrücken kann,
verdiene deswegen auch keine Beachtung.

Die Stadt in der Wüste 136

Der Wirbelsturm, von dem ich jetzt reden will, war
gewiß in seiner Urgewalt das packendste Erlebnis,
das mir jemals begegnete. Aber vor der höchsten
Steigerung des Erlebens werden Worte schal. Die
Sprache ist der Steigerungen nicht in eben dem
Maße fähig, wie die Gewalt der Sturmstöße wächst.
Alles Bemühen um Ausdruck bleibt leer und
schmeckt unangenehm nach Übertreibung.
Allmählich ist mir der tiefere Grund klargeworden,
warum man so etwas nicht beschreiben kann. Man
will den Ablauf eines Schicksals, das es niemals gegeben hat, in Worten festhalten. Wenn man bei der
Schilderung der Schrecknisse Schiffbruch leidet, so

nur deshalb, weil man die Schrecknisse erst hinter-
her, im Nacherleben, in der Rückerinnerung erfun-
den hat. Beim tatsächlichen Erleben waren sie gar
nicht da.

Wind, Sand und Sterne 215

Der gedachte Gegenstand ist nicht ein in einer
Schublade verwahrtes beständiges Bild: er ist ein
System von Beziehungen. Das Wunder besteht darin, daß man mit einem Wort ein beständiges System von Beziehungen definiert. Das Bewußtsein
ist jenes Etwas, das nicht nur jenes System von Beziehungen erleidet, sondern es in gewissem Sinne
erfindet, es beherrscht, ein Wesen daraus macht;
doch Sprache und Bewußtsein machen zwei Wesen
daraus; und wenn man das Wortgedächtnis verliert, so bedeutet das keineswegs, daß man das Bewußtsein von Beziehungen verliert, die ihrerseits
nicht lokalisiert sind.

Carnets 289

Das Leben ist weder einfach noch verzwickt, weder
klar noch dunkel, weder widerspruchsvoll noch zu-
sammenhängend. Das Leben ist. Die Sprache allein
ordnet oder verwirrt es, erhellt oder verdunkelt es,
zerstreut oder vereinigt es.

Die Stadt in der Wüste 222

Die Erkenntnis: sie besteht keineswegs im Besitz der Wahrheit, sondern einer zusammenhängenden Sprache.

Carnets 297

So ist es mit einem, der mit seinen armen Worten daherkommt und dem anderen dartun will, daß er zu Unrecht traurig sei – und wo seht ihr, daß sich seine Stimmung gewandelt hätte? Oder daß er zu Unrecht eifersüchtig sei oder zu Unrecht liebe? Und wo seht ihr, daß der andere von der Liebe geheilt wäre? Die Worte suchen sich mit der Natur zu verschmelzen und sie mit fortzutragen. So sage ich »Gebirge« und nehme innerlich das Gebirge mit mir fort – das Gebirge mit seinen Hyänen, seinen Schakalen und seinen von Stille erfüllten Schluchten und seinem Aufstieg den Sternen entgegen, bis hinauf zu den Graten, die der Wind zerfrißt... Es ist aber nur ein Wort, dem man erst einen Inhalt geben muß.

Die Stadt in der Wüste 111

Die Gründe, die mit Worten spielen, sind niemals die wirklichen Gründe.

Die Stadt in der Wüste 163

Die Sprache ist weit davon entfernt, alles mitzuteilen oder alles zu enthalten, denn es gibt nicht bezeichnete Strukturen und zweifellos unzählige dieser Art.

Carnets 292

Was bedeuten im Vergleich zu all dem, was du zu
sagen haben könntest, die Worte, die du gestohlen
hast und durch die deine Sprache verkommt?

Die Stadt in der Wüste 270

Nur die Logiker, Historiker und Kritiker zeichnen
sich dadurch aus, daß sie von der Welt immer nur
das bejahen, woraus sie Sätze bilden können. Denn
ich denke mir, daß du, Menschlein, gerade anfängst,
eine Sprache zu lernen, und herumtappst und dich
darin übst und zunächst erst ein winziges Stücklein
Haut der Welt zu erfassen vermagst. Denn die Welt
ist zu schwer, als daß man sie forttragen könnte.
Jene aber glauben nur an den mageren Inhalt ihres
armseligen Ideenbazars.

Die Stadt in der Wüste 423

Man verlangt von manchen, um über sie urteilen zu
können, daß sie sich oder das Leben, auf dem sie be-
ruhen, formulieren sollen. Und das ist gerade die
schöpferische Denkoperation, die am schwersten
fällt. Seht sie leben! Schaut jener Frau zu: der Kran-
kenpflegerin oder der Mutter – aber hört sie nicht
an! Um die Welt zu erfassen, stehen ihr nur jene Ka-
tegorien zur Verfügung, mit denen sie der »Lyoner
Stadtanzeiger« befruchtet – jenes vergilbte Zeitungs-
blatt, das ich auf ihrem Tisch liegen sah.

Carnets 284

Ich habe die Beziehungen zwischen den Menschen mit wirklicher Aufmerksamkeit verfolgt und deutlich die Gefahren einer Klugheit wahrgenommen, die in dem Glauben lebt, daß die Sprache oder die Antworten in einem Wortwechsel etwas zu erfassen vermöchten. Denn das, was in mir ist, läßt sich nicht auf den Wegen der Sprache übermitteln. Es gibt kein Wort, um das auszusprechen, was in mir ist. Ich kann es nur in dem Maße bezeichnen, in dem du es schon auf anderen Wegen als durch das Wort verstehst: Etwa durch das Wunder der Liebe oder weil du mir gleichst, da du vom selben Gott gezeugt wurdest. Andernfalls mühe ich mich vergebens, die in mir versunkene Welt ans Licht zu ziehen. Und wie es meine Unbeholfenheit gerade mit sich bringt, zeige ich nur die eine oder die andere ihrer Seiten auf. So gebe ich bei jenem Berge, den ich bezeichne, seine Höhe wieder; er ist aber noch ganz etwas anderes. Oder ich sprach von der Majestät der Nacht, während du die Kälte der Sterne spürst.

Die Stadt in der Wüste 152

Der Bildhauer ist trächtig von seinem Werk: es ist kaum wichtig, ob er weiß, wie er es formen wird. Von Daumendruck zu Daumendruck, von Irrtum zu Irrtum, von Widerspruch zu Widerspruch wird er geradeaus durch den Lehm hindurch zur Schöpfung schreiten. Weder Intelligenz noch Urteilsvermögen sind schöpferisch. Wenn der Bildhauer nur Wissen-

schaft und Intelligenz ist, werden seine Hände genie-
los sein.

Flug nach Arras 462

Die Planung im literarischen Werk gehört zur Illu-
sion der Logiker, der Historiker und der Kritiker.
Denn die Kraftlinien ordnen sich zwangsläufig rings
um den starken Pol. Die Planung ist die Folge der
starken Existenz und nicht ihre Ursache. Und wer
spricht denn auch von der (vorangehenden) Planung
der Symphonien oder der Skulpturen, die sich, sobald sie erst vollendet sind, als völlig geordnet dar-
bieten?

Carnets 309

Die Schönheit eines Gesichtes besteht nur in dem
Zusammenklang seiner Teile. Und es überwältigt
euch durch seine Erscheinung. So ist es auch mit jenem Gedicht, das euch Tränen entlockt. Ich habe
Sterne und Brunnen und Klagen verwandt. Und es
ist nichts anderes darin. Ich habe sie aber geformt,
wie mein Geist es mir eingab. So dienten sie als
Schemel einer Gottheit, die sie beherrscht, doch in
keinem von ihnen enthalten ist.

Die Stadt in der Wüste 74

Wie vulgär diese Lieder nach Konfektion, die unerträglich wirken, wenn sie so blöde sind wie »Olga«
– »Statt in die Messen (offices) zu laufen, läuft sie
den Offizieren nach« –, und zu einer Pornographie

des Herzens werden, wenn sie sich zu Gefühlen auf-
schwingen. Wenn sie rühren möchten. Diese Hunde-
kuchen, mit denen die Schlagerfabrikanten die Menschen füttern und mit denen sich die Menschen
zufriedengeben. Wie grausig ist die Fröhlichkeit dieses Possenreißers, der schlecht und recht sein Brot
mit aneinandergestoppelten Worten verdient, die
man nicht als Sätze bezeichnen kann. Denn die ech-
ten Sätze sind Strukturen innerer Regungen.

Kriegsbriefe an einen Freund 172

Man stirbt gewiß nicht für Hammel und Ziegen und
Häuser und Berge. Denn die Dinge bleiben bestehen,
ohne daß man etwas für sie zu opfern braucht. Doch
man stirbt, um den unsichtbaren Knoten zu erhalten,
der sie verknüpft und sie in ein Gut, ein Reich, ein er-
kennbares und vertrautes Gesicht verwandelt. Gegen
diese Einheit tauscht man sich aus, denn man baut
auch im Tode an ihr weiter. Um der Liebe willen lohnt
sich der Tod. Und einer, der langsam sein Leben gegen
ein wohlgelungenes Werk, das das Leben überdauert,
austauscht: gegen einen Tempel, dessen Weg durch
die Jahrhunderte führt – solch einer ist auch bereit zu
sterben, wenn seine Augen den Palast in der Zusammenhanglosigkeit der Baustoffe zu gewahren vermö-
gen; wenn er von seiner Pracht geblendet wird und in
ihm aufgehen möchte. Denn hier empfängt ihn etwas,
was größer ist als er selber: so gibt er sich seiner Liebe
hin.

Die Stadt in der Wüste 77

Es ist sinnlos und trügerisch, sich mit der Zukunft
zu befassen. Hingegen kommt es allein darauf an,
der heutigen Welt Ausdruck zu verleihen. Und Ausdruck verleihen bedeutet, aus der zusammenhanglo-
sen Gegenwart das eine Gesicht zu formen, das sie
beherrscht.

Die Stadt in der Wüste 108

Glaube aber nicht, es sei so einfach, die Gegenwart
zu denken: Denn dann widersteht dir eben der Stoff,
den du zu gestalten hast, während dir deine Einfälle,
die sich mit der Zukunft beschäftigen, niemals wi-
derstehen werden. Und wie gut kommt der Träumer
voran, der neben einem versiegten Brunnen im San-
de liegt und schon in der Sonne verdunstet. Wie
leicht fallen ihm die Sprünge, mit denen er seiner Befreiung entgegeneilt. Wie bequem ist es, im Traume
zu trinken, da dir deine Schritte wie gut geölte Sklaven das Wasser herantragen, und da es kein Ge-
strüpp gibt, das sie aufhalten könnte.
Denn auch diese Zukunft, in der es keine Feinde
gibt, wird nicht zur Wirklichkeit, und so liegst du in
den letzten Zügen, der Sand knirscht zwischen deinen Zähnen, und der Palmenhain und der träge Fluß
und der Gesang der Wäscherinnen lassen dich langsam in den Tod sinken.

Die Stadt in der Wüste 201

Eine Weite, wie sie das Haus der Kindheit, eine Weite, wie sie die Stube in Orconte, eine Weite, wie sie

das Gesichtsfeld seines Mikroskops einem Pasteur
gewährt, eine Weite, wie sie das Gedicht eröffnet,
das sind lauter recht zerbrechliche, herrliche Dinge,
wie sie nur die Kultur verschenkt; denn die Weite ist
für den Geist und nicht für die Augen.

Flug nach Arras 402

Im betenden Dominikaner ist eine verdichtete Gegenwart. Dieser Mensch ist niemals mehr Mensch
als jetzt, da er regungslos in sich versunken ist. In
Pasteur, der über seinem Mikroskop seinen Atem
anhält, ist eine verdichtete Gegenwart. Pasteur ist
nie mehr Mensch, als wenn er beobachtet. Dann
kommt er weiter. Dann hat er es eilig. Dann geht er
mit Riesenschritten vorwärts, wenn er sich auch
nicht von der Stelle rührt, und entdeckt die Weite.
So ist Cézanne, unbeweglich und stumm vor seiner
Skizze, unschätzbar gegenwärtig. Er ist nie mehr
Mensch, als wenn er schweigt, prüft und urteilt.
Dann wird ihm seine Leinwand weiter als das Meer.

Flug nach Arras 401

Jahrhundertelang hat meine Kultur durch die Menschen hindurch Gott betrachtet. Der Mensch war
nach dem Ebenbild Gottes geschaffen. Man achtete
Gott im Menschen. Die Menschen waren Brüder in
Gott. Dieser Abglanz Gottes verlieh jedem Menschen eine unveräußerliche Würde. Die Beziehungen
des Menschen zu Gott begründeten ganz klar die

Pflichten eines jeden gegenüber sich selbst und dem
Nächsten.

Flug nach Arras 472

Glaubst du an das Gedicht, das geschrieben wurde,
damit man es verkaufe? Wenn das Gedicht zur Han-
delsware wird, ist es kein Gedicht mehr. Wenn die
Urne zum Gegenstand eines Preiswettbewerbs wird,
ist sie nicht mehr Urne und Gleichnis Gottes, sondern Gleichnis deiner Eitelkeit oder deiner niedrigen
Begierden.

Die Stadt in der Wüste 221

Eine schlechte Literatur hat uns von dem Drang ge-
sprochen, aus uns herauszugehen. Sicherlich ent-
flieht man sich beim Reisen auf der Suche nach der
Weite. Aber die Weite läßt sich nicht finden. Sie baut
sich auf. Und die Flucht hat noch niemals irgendwohin geführt.

Flug nach Arras 401

Um mich zu rühren, mußt du mich in die Bande
deiner Sprache einknüpfen, und deshalb ist Stil eine
göttliche Verrichtung. Dein Gefüge ist es, das du
mir dann auferlegst, mit den eigentlichen Regungen
deines Lebens, die in der Welt nicht ihresgleichen
haben.

Die Stadt in der Wüste 270

So wurde mir der Begriff der Plünderung deutlich,
über den ich immer nachgedacht hatte, ohne daß

mich Gott über ihn erleuchtet hätte. Und gewiß wußte ich, daß der ein Plünderer ist, der den Stil von Grund auf zerstört, um hierdurch die Wirkungen zu erzielen, die ihm dienlich sind – Wirkungen, die an sich lobenswert sind, denn es ist Sache des Stils, sie zu gestatten, und dieser ist dazu da, damit die Menschen durch ihn ihre inneren Regungen mitteilen können. Es zeigt sich aber, daß du dein Fahrzeug zerstörst, weil du vorhast, nach Art des Mannes darin zu fahren, der seinen Esel durch die Lasten umbrachte, die dieser nicht zu tragen vermochte. Während du ihn durch richtig ausgewogene Lasten in der Arbeit übst und er dadurch weit besser arbeiten wird, als er jetzt schon arbeitet. Deshalb verstoße ich den, der gegen die Regeln schreibt. Er soll es fertigbringen, sich im Einklang mit den Regeln auszudrücken, denn nur dann begründet er sie.

Die Stadt in der Wüste 303

Törichte moderne visuelle Erziehung, die in der Tat prächtige Schliche ersinnt, um ohne Mühe Wissen beizubringen, womit das Kind auf die Rolle eines Formulars reduziert und einem Gepäck voller Kenntnisse ausgeliefert wird, statt daß man ihm einen Stil formt – und auf diese Weise eine Seele.

Carnets 300

Man vergißt heutzutage jenes grundlegende Problem, das zu den moralischen Fragen gehört. Denn der Stil ist die Seele. Und man erschafft nur insoweit diese Seele, als man sich einen Stil schmiedet. (Der Landmann hat einen Stil.) Heutzutage belehrt man, aber erzieht nicht mehr. Und der Mensch, der nicht einmal seinem Kummer eine Form zu geben vermag, wird zu Suppenfleisch. (Man könnte auch sagen: »Sich bewußt werden heißt, einen Stil erwerben.«)

Carnets 300

Ich höre des Törichten Stimme: »Wieviel Platz ist hier vergeudet, was für ein Reichtum ist hier nicht ausgenutzt, wie viele Annehmlichkeiten sind hier aus Nachlässigkeit versäumt worden! Einreißen sollte man diese nutzlosen Mauern, einebnen diese Treppenstufen, die nur das Gehen erschweren. Dann wird der Mensch frei sein.« Und ich antworte: Dann werden die Menschen zu Vieh auf dem Markte werden, und aus Angst vor der Langweile werden sie törichte Spiele erfinden, die zwar noch von Regeln bestimmt werden, aber von Regeln ohne Größe. Denn der Palast kann Gedichte fördern. Doch was für ein Gedicht soll man über die Albernheit ihres Würfelspiels schreiben? Lange Zeit werden sie vielleicht noch vom Schatten der Mauern leben, da ihnen die Gedichte die Sehnsucht nach ihnen zutragen; schließlich wird auch der Schatten vergehen, und sie werden die Gedichte nicht mehr begreifen.

Die Stadt in der Wüste 31

Die Ferne und die Heimat

Eine Heimat ist nicht die Summe von Landschaften, Bräuchen, Dingen, die mein Verstand jederzeit zu erfassen vermag. Sie ist ein lebendiges Wesen.

Flug nach Arras 355

Oh, das Wunder des heimatlichen Hauses besteht nicht darin, daß es uns schützt und wärmt, es besteht auch nicht im Stolz des Besitzes. Seinen Wert erhält es dadurch, daß es in langer Zeit einen Vorrat von Beglückung aufspeichert, daß es tief im Herzen die dunkle Masse sammelt, aus der wie Quellen die Träume entspringen.

Wind, Sand und Sterne 239

Heimstatt der Menschen, wer könnte dich auf Überlegungen gründen? Wer wäre imstande, dich im Einklang mit der Logik zu bauen? Du bist und bist nicht. Du bist aus unzusammenhängenden Stoffen gemacht, aber man muß dich ersinnen, um dich gewahr zu werden. Genauso besitzt einer, der sein Haus zerstörte, weil er den Ehrgeiz hatte, es kennenzulernen, nur noch einen Haufen Steine, Schiefer und Ziegel; er findet weder den Schatten noch die Stille, noch die Vertraulichkeit wieder, denen sie dienten, und weiß nicht, welchen Nutzen er von diesem Haufen von Steinen, Schiefern und Ziegeln erwarten könnte, denn es fehlt ihnen die Erfindungskraft, die sie beherrscht: Herz und Seele des Baumeisters. Denn dem Steine mangeln Herz und Seele des Menschen.

Die Stadt in der Wüste 35

Zur Zeit, als Serre und Reine bei den Aufständischen gefangen waren, ging ich einmal auf einem dieser Notlandeplätze [auf der ebenen Oberfläche

der Tafelberge in der Wüste] nieder, um einen mau-
retanischen Unterhändler abzusetzen. Ehe ich ab-
flog, schaute ich mit ihm aus, ob auch ein Weg da
war, auf dem er hinuntergelangen konnte. Aber unsere Tafel endete überall in einem Steilabfall, der
senkrecht in die Tiefe ging mit Falten wie ein Vor-
hang. Ein Abstieg erschien undenkbar.
Und doch blieb ich noch ein wenig dort, ehe ich aufstieg, um eine andere Landungsstelle zu suchen. Ich
empfand eine vielleicht kindliche Freude, mit meinen Spuren ein Land zu zeichnen, das noch nie ein
Wesen, Mensch oder Tier, entweiht hatte. Kein
Mauretanier hätte je diese Festung bezwingen können, kein Europäer hatte das Land durchforscht. Ich
beschritt also völlig jungfräulichen Boden. Als erster
ließ ich den Muschelstaub wie edles Gold von einer
Hand in die andere gleiten. Als erster störte ich das
Schweigen dieses Ortes. Auf diesem Block, der, wie
eine Eisscholle, solange er steht, keinen Grashalm
hervorgebracht hat, war ich wie ein vom Winde ver-
wehtes Samenkorn, der erste Zeuge des Lebens.

Wind, Sand und Sterne 234

Gewiß, die Sahara ist unabsehbar weit, nur eintöni-
ger Sand – oder genauer, da die Dünen selten sind –,
ein kieselreicher Strand. Man badet da dauernd im
Wesen der Langeweile selbst. Indessen bauen ihre
unsichtbaren Gottheiten ein Netz von Richtlinien,
Neigungen und Zeichen, eine geheimnisvolle und le-
bendige Muskulatur. Es gibt keine Einförmigkeit

mehr. Alles nimmt Richtung an. Keine Stelle gleicht
mehr der anderen. Es gibt eine Stille des Friedens,
wenn die Stämme versöhnt sind, der Abend wieder
seine Frische spendet und einem zumute ist, als hal-
te man in einem stillen Hafen mit eingezogenen Se-
geln Rast. Es gibt eine Stille des Mittags, wenn in der
Sonne Gedanken und Bewegungen aussetzen. Es
gibt eine falsche Stille, wenn der Nordwind innehält
und das Auftauchen von Insekten, die den Oasen
des Innern wie Blütenstaub entwehen, den sand-
führenden Oststurm ankündigt. Es gibt eine Stille
der Verschwörung, wenn man von einem entfernten
Stamme weiß, daß es in ihm gärt. Es gibt eine geheimnisvolle Stille, wenn sich zwischen den Arabern
ihre verschwiegenen Beziehungen anknüpfen. Es ist
gespannte Stille, wenn sich die Rückkehr des Boten
verzögert. Eine zugespitzte Stille, wenn man nachts
seinen Atem anhält, um zu lauschen. Eine schwer-
mütige Stille, wenn man sich an die erinnert, die
man liebt. Alles wird Pol. Jeder Stern bedeutet eine
wirkliche Richtung. Es sind alles Sterne der drei
Weisen. Sie dienen alle ihrem eigenen Gott. Dieser
da bezeichnet die Richtung eines entfernten, schwer
erreichbaren Brunnens. Und was dich von diesem
Brunnen trennt, ist so gewichtig wie ein Wall. Jener
bezeichnet die Richtung eines versiegten Brunnens.
Der Stern selbst sieht nach Trockenheit aus. Und
was dich von dem versiegten Brunnen trennt, ist
kein lockender Hang. Ein anderer Stern dient als
Führer zu einer unbekannten Oase, von der dir die
Nomaden gesungen haben, die dir aber des Krieges

wegen versperrt ist. Und der Sand, der dich von der
Oase trennt, ist eine Märchenwiese. Dieser bezeichnet die Richtung einer weißen Stadt im Süden, einer
köstlichen, scheint es, köstlich wie eine Frucht, in
die man die Zähne schlägt. Und jener die Richtung
des Meeres.

Und schließlich wirken von weit her die Kräfte fast
irrealer Pole wie Magnete in dieser Wüste: ein Haus
der Kindheit, das in der Erinnerung lebt. Ein
Freund, von dem man nichts weiß, als daß es ihn
gibt.

So fühlst du dich gespannt und belebt von dem Feld
der Kräfte, die dich anziehen und abstoßen, dich
treiben und dir widerstreben. So bist du gut gegründet, gut bestimmt, genau eingesetzt in den Mittelpunkt der Himmelsrichtungen.

Briefe an einen Ausgelieferten 190

Ich kette die Leute meines Volkes an ihr Heim, damit sie es zu erkennen wissen. Und sie werden es erst
dann erkennen, wenn sie es mit ihrem Blute genährt
haben. Und mit ihren Opfern ausgeschmückt haben.
Es wird alles von ihnen abverlangen, sogar ihr
Fleisch und ihr Blut, denn das Heim wird der eigentliche Sinn seiner Bewohner sein. Dann werden sie es
nicht mehr verkennen: dieses göttliche Gefüge, das
die Züge eines Antlitzes trägt. Dann werden sie Liebe zu ihm empfinden. Und ihre Abende werden vol-
er Inbrunst sein. Und die Väter werden sich vor allem Mühe geben, ihren Söhnen, sobald diese Augen

und Ohren öffnen, den Sinn des Heimes zu er-
schließen, damit es nicht in der Zusammenhanglosigkeit der Dinge versinke.

Die Stadt in der Wüste 36

Emigranten erschienen mir wie bretonische Seefah-
rer, denen man die bretonische Braut fortgenom-
men hatte. Keine bretonische Braut zündete für sie
im Fenster ihre demütige Lampe an. Sie waren nicht
verlorene Söhne. Sie waren verlorene Kinder ohne
ein Haus der Heimkehr. Dann erst fängt die wahre
Reise an, die Reise aus sich selbst heraus. Wie sich
wiederherstellen? Wie sich die schweren Strähnen
der Erinnerungen noch einmal flechten? Dieses Ge-
spensterboot war mit ungeborenen Seelen beladen
wie der Vorhimmel. Die einzig Wirklichen – so
wirklich, daß man sie gerne mit der Hand berührt
hätte – waren diejenigen, die zum Schiff gehörten
und die eine wirkliche Tätigkeit adelte, da sie Ta-
bletts trugen, das Kupfer blank putzten, Stiefel
wichsten und mit einer gewissen Herablassung die
Leblosen bedienten. Nicht die Armut trug den Emigranten die leise Verachtung des Personals ein. Es
fehlte ihnen nicht an Geld, sondern an Gewicht. Es
waren nicht mehr Menschen aus einem bestimmten
Haus, mit bestimmten Freunden, mit einer bestimmten Verantwortung. Sie spielten die Rolle,
aber es war nicht mehr wahr. Niemand brauchte
sie, niemand war genötigt, sich an sie zu wenden.
Welch ein Wunder ist das Telegramm, das dich

durcheinanderrüttelt, dich zwingt, mitten in der Nacht aufzustehen, dich zum Bahnhof jagt: »Komm schnell! Ich brauche dich!« Leicht finden wir Freunde, die uns helfen; schwer verdienen wir uns jene, die unsere Hilfe brauchen. Gewiß, niemand haßte meine Emigranten, niemand beneidete sie, niemand belästigte sie. Aber niemand liebte sie mit der einzigen Liebe, die zählt. Ich sagte mir: Sie werden gleich nach ihrer Ankunft zu Willkommenscocktails und zu Trostdinners geladen werden. Aber wer wird an ihrer Tür rütteln und Einlaß begehren: »Öffne! Ich bin's!« Man muß ein Kind lange an der Brust gehabt haben, bis es Forderungen stellt. Man muß sich lange eines Freundes annehmen, ehe er nach der Freundschaft verlangt, die man ihm schuldet. Man muß sich durch Generationen damit zugrunde gerichtet haben, das alte, baufällige Schloß zu retten, um es lieben zu lernen.

Briefe an einen Ausgelieferten 188

Es war ein weitgestreckter Bau mit seinem den Frauen vorbehaltenen Flügel und dem verschwiegenen Garten, in dem der Springbrunnen sang. (Und ich gebiete, dem Hause ein solches Herzstück zu geben, damit etwas darin sei, dem man sich nähern und von dem man sich entfernen kann. Damit man darin ein- und auszugehen vermag. Denn sonst ist man nirgendwo mehr. Und nicht zu sein heißt mir nicht frei sein.)

Die Stadt in der Wüste 30

Ich sagte mir also: ›Das Wesentliche ist, daß das, wovon man gelebt hat, irgendwo weiterbesteht. Und die Gewohnheiten. Und das Familienfest. Und das Haus der Erinnerungen. Das Wesentliche ist, daß man für die Rückkehr lebt.‹

Briefe an einen Ausgelieferten 188

Und sieh, so hängen sie unbestimmten Träumen nach, wie sie ein Haus wieder bauen könnten mit tausend Pforten, mit Vorhängen, die auf die Schulter niedersinken, mit Vorgemächern, die man langsam durchschreitet. So träumen sie von einer verborgenen Kammer, die den ganzen Bau mit Geheimnis erfüllt.

Die Stadt in der Wüste 33

Gebt uns, sagen vor allem die Menschen, gebt uns die Ewigkeit wieder. Wir sind erstarrt durch diese Entdeckung des Willkürlichen... des Tanzes, der nichts als ein Spiel ist... Gebt uns unsere Ehrfurcht zurück, sei es auch nur die Ehrfurcht vor den Familienfesten, den Jahrestagen, den Vaterländern, dem Ölbaum, den ich gepflanzt habe und den mein Sohn pflegen wird; gebt uns zurück, was wir sind und was über uns hinaus von Dauer ist. Vergönnt uns, einen vergänglichen Leib in Edelsteine zu wandeln...

Carnets 258

Du kannst nicht ein Haus lieben, das ohne Gesicht
ist und in dem deine Schritte keinen Sinn haben.

Die Stadt in der Wüste 30

Denn ich habe viele gesehen, die den Tod dem Leben vorzogen, wenn sie ihr Dorf verlassen mußten.
Und du hast es sogar an den Gazellen oder den Vö-
geln gesehen, die sich dem Tod überlassen, wenn du
sie einfängst. Und wenn man dich deiner Frau, deinen Kindern, deinen Bräuchen entreißt oder in der
Welt das Licht auslöscht, von dem du lebtest– denn
selbst in der Tiefe eines Klosters strahlt es noch –,
kann es sein, daß du daran stirbst. Wenn ich dich
dann vom Tode retten will, genügt es, daß ich dir ein
geistiges Reich ersinne, wo deine Liebste gleichsam
aufbewahrt wird, um dich zu empfangen. So lebst
du weiter, denn deine Geduld ist unbegrenzt. Das
Haus, aus dem du stammst, hilft dir in deiner Wüste, obwohl es fern ist. Die Liebste hilft dir, obwohl
sie fern ist und obwohl sie schläft.

Die Stadt in der Wüste 539

Da die Wüste keinerlei greifbaren Reichtum bietet,
da es in ihr nichts zu sehen, nichts zu hören gibt,
drängt sich die Erkenntnis auf, daß der Mensch zu-
vörderst aus unsichtbaren Anreizen lebt, denn das
innere Leben, weit entfernt davon, einzuschlafen,
nimmt an Kräften zu. Der Mensch wird vom Geist

beherrscht. In der Wüste bin ich das wert, was meine Götter wert sind.

Briefe an einen Ausgelieferten 190

Wenn einer mit dem Herzen auswandert, verleugnet ihn sein Volk, und er selbst wird sein Volk verleugnen. Das ist die notwendige Folge. Du hast andere Richter anerkannt. Deshalb ist es in der Ordnung, daß du einer der Ihren wirst. Aber es ist nicht deine Erde, und du wirst daran sterben.

Die Stadt in der Wüste 490

Der Mensch im Netz
der Beziehungen

Wenn uns ein außerhalb unseres Ichs liegendes gemeinsames Ziel mit anderen Menschen brüderlich verbindet, dann allein atmen wir frei. Die Erfahrung lehrt uns, daß Liebe nicht darin besteht, daß man einander ansieht, sondern daß man gemeinsam in gleicher Richtung blickt. Kameraden dürfen sich nur Menschen nennen, die in der gleichen Gruppe angeseilt demselben Gipfel entgegenstürmen, um ihn gemeinsam zu erreichen. Warum beglückt es uns so tief, wenn wir in unserem Zeitalter der größten Bequemlichkeit in der Wüste die letzten Lebensmittel miteinander teilen konnten? Die andersartigen Voraussagen der Gesellschaftswissenschaft müssen dagegen verstummen.

Wind, Sand und Sterne 329

Wenn du bei deinem Freund und bei dir selber, anderswo als in dir und anderswo als in ihm, die gemeinsame Wurzel suchst, wenn es für euch beide einen göttlichen Knoten gibt, der sich aus der Zusammenhanglosigkeit der Baustoffe ablesen läßt und die Dinge verknüpft, so gibt es keine Entfernung und keine Zeit, die euch trennen könnte, denn jene Götter, auf die sich eure Einheit gründet, spotten aller Mauern und Meere.

Die Stadt in der Wüste 638

Selbstverständlich gibt es Dramen nur in den menschlichen Beziehungen. Nur das kranke Kind ist dramatisch, nur der andere ist dramatisch. Aber das eigene Ich ist niemals dramatisch.

Kriegsbriefe an einen Freund 178

Solange ich dich als pikant oder brillant oder paradox erkenne, besagt dies, daß ich nichts von dir empfangen habe, denn du stellst dich dann lediglich wie auf einem Jahrmarkt zur Schau. Aber du hast dich im Zweck deiner Schöpfung getäuscht. Denn dieser besteht nicht darin, dich selber zur Schau zu stellen, sondern mich werden zu lassen. Wenn du nun aber deine Vogelscheuche vor mir schwenkst, werde ich mich davonmachen und mich anderswo niederlassen. Aber einer, der mich dorthin geführt hat, wohin er mich haben wollte, um sich dann zurückzuziehen, macht mich glauben, daß ich die

Welt entdecke, und so läßt er mich werden, wie er es gewünscht hat.

Die Stadt in der Wüste 384

Der Beruf des Zuschauers war mir immer gräßlich. Was bin ich, wenn ich nicht teilhabe? Um zu sein, muß ich teilhaben. Ich lebe von den wertvollen Eigenschaften der Kameraden, jenen Eigenschaften, die nichts von sich wissen, aus Gleichgültigkeit, keineswegs aus Bescheidenheit. Gavoille beschaut sich nicht, Israel ebensowenig. Sie sind innig verbunden mit ihrer Arbeit, ihrem Beruf, ihrer Pflicht. Mit dieser dampfenden Blutwurst. Und ich berausche mich an der Dichte ihrer Gegenwart. Ich kann schweigen. Ich kann meinen Landwein trinken. Ich kann sogar dieses Buch signieren, ohne mich von ihnen abzusondern. Nichts vermag dieser Bruderschaft Abbruch zu tun.

Flug nach Arras 449

Die Freundschaft ist vor allem die Waffenruhe und der große Austausch des Geistes, der sich über alle Kleinigkeiten des Alltags hinwegsetzt. Und es ziemt mir nicht, dem Gast Vorwürfe zu machen, der an meinem Tische sitzt. Denn wisse, daß die Gastfreundschaft, die Höflichkeit und die Freundschaft Begegnungen von Mensch zu Mensch sind.

Die Stadt in der Wüste 204

Von unseren Aufträgen kommen wir heim, bereit, einen unerhörten Dank zu empfangen: nichts weiter als einfach die Liebe. Wir erkennen darin die Liebe gar nicht wieder. Die Liebe, an die wir für gewöhnlich denken, hat ein stürmischeres Gebaren. Doch hier haben wir die wahre Liebe: ein Gewebe von Bindungen, das einen werden läßt.

Flug nach Arras 458

Den Freund kennzeichnet es vor allem, daß er nicht richtet.

Die Stadt in der Wüste 203

Ich erkenne die Freundschaft daran, daß sie sich nicht enttäuschen läßt, und ich erkenne die wahre Liebe daran, daß sie nicht gekränkt werden kann.

Die Stadt in der Wüste 197

Laß hier [beim Schenken] keine Sparsamkeit walten. Es geht nicht um Ware, die man einsparen könnte, sondern um Regungen des Herzens. Denn Schenken ist ein Brückenschlag über den Abgrund deiner Einsamkeit.

Die Stadt in der Wüste 189

Wie könntest du ihm etwas schenken, wenn du ihm die Hauptsache vorenthältst: deine Gastfreundschaft, die selbst das Verhältnis zu deinem größten Todfeinde adeln kann.

Auf welche Dankbarkeit rechnest du, die du mit der
Last deiner Geschenke gewinnen könntest? Er könnte dich nur hassen, wenn er in tiefen Schulden von
dir ginge.

Die Stadt in der Wüste 195

Ich habe im Verlaufe meines Lebens zur Genüge erfahren, daß die Menschen voneinander verschieden
sind, obwohl dir die Unterschiede zunächst verbor-
gen bleiben und bei einer Unterhaltung nicht zum
Ausdruck kommen; denn du bedienst dich dabei eines Dolmetschers, der die Aufgabe hat, dir die Worte des Partners zu übersetzen, das heißt, in deiner
Sprache für dich die Worte zu suchen, die am ehe-
sten den Äußerungen in der anderen Sprache ent-
sprechen. Und da dir auf diese Weise Liebe, Gerechtigkeit oder Eifersucht mit Eifersucht, Gerechtigkeit
und Liebe übersetzt werden, wirst du über eure
Ähnlichkeiten in Verzückung geraten, obwohl der
Inhalt der Worte nicht der gleiche ist. Und wenn du
eine Übersetzung auf die andere folgen läßt und so
in der Analyse der Worte fortfährst, wirst du immer
nur Ähnlichkeiten suchen und finden; auf diese Weise wird dir, wie stets in der Analyse, das entgehen,
was du zu fassen gedachtest. Denn wenn du die
Menschen verstehen willst, darfst du nicht auf ihre
Reden hören. Doch sind die Unterschiede unbe-
dingt. Denn es gleichen einander weder die Liebe
noch die Gerechtigkeit noch die Eifersucht; weder
der Tod noch der Gesang noch der Austausch mit
den Kindern noch der Austausch mit dem Herrscher

noch der Austausch mit der Geliebten, noch der
Austausch mit dem schöpferischen Werk; weder das
Gesicht des Glücks, wenn es im Gewande des Vorteils auftritt noch die Art des Vorteils. Und ich habe
manche gekannt, die sich überglücklich dünkten
und mit zusammengepreßten Lippen oder blinzeln-
den Augen den Bescheidenen spielten, wenn ihnen
die Nägel lang genug gewachsen waren, und andere,
die dir das gleiche Schauspiel vorführten, wenn sie
Schwielen an ihren Händen vorweisen konnten.
Und ich habe welche gekannt, die sich nach dem Gewicht des Goldes in ihren Gewölben einschätzten,
was dir als schmutziger Geiz erscheint, solange du
nicht bei anderen entdeckt hast, daß sie die gleichen
Gefühle des Stolzes hegen und sich zufrieden und
selbstgefällig betrachten, wenn sie nutzlose Steine
den Berg hinaufgerollt haben.

Die Stadt in der Wüste 415

Wenn du laut schreist, heißt dies, daß deine Sprache
nicht ausreicht und daß du die Stimmen der anderen
zu übertönen suchst.

Die Stadt in der Wüste 484

Wozu Haß? Wir sind alle Schicksalsgefährten,
vom gleichen Stern durch den Raum getragen. Wir
sind die Mannschaft eines Schiffes. Und wenn die
Gegensätze der Kulturen wertvoller sind, weil sie
immer neue Mischungen erlauben, so ist es unge-
heuerlich, daß sie einander vernichten. Zu unserer

Befreiung genügt es, daß man uns dazu verhilft, ein Ziel zu erkennen, das uns mit anderen Menschen verbindet. Da können wir ebensogut ein Ziel suchen, das uns alle vereint. Dem Arzt fällt es bei seinem Rundgang nicht ein, die Klagen eines Kranken anzuhören; er untersucht ihn und heilt den Menschen in ihm. Darum spricht der Arzt eine allgültige Sprache. Dasselbe tut der Physiker, wenn er seine fast übersinnlichen Gleichungen erfaßt. So geht das weiter bis zum einfachen Hirten. Wer noch so bescheiden einige Schafe unter dem nächtlichen Sternenhimmel hütet, wird merken, daß er mehr ist als ein Diener.

Wind, Sand und Sterne 333

Du vermagst aber nur das im Menschen zu sehen, wodurch der Mensch verneint wird, der du selber bist. Und ebenso kann der andere nur das aus dir herauslesen, was ihn selber verneint. Und ein jeder weiß wohl, daß in ihm selber noch etwas anderes als eisige oder haßerfüllte Verneinung steckt, vielmehr gewahrt er ein so überzeugendes, ein so reines und einfaches Gesicht, daß er dafür in den Tod ginge. Und so haßt ihr einander, weil sich ein jeder einen lügnerischen und hohlen Gegner erfindet. Ich aber, der ich über euch herrsche, ich sage euch, daß ihr das gleiche Gesicht liebt, obwohl ihr es beide nur schlecht erkannt habt.

Die Stadt in der Wüste 174

Und deine Feinde arbeiten mit dir zusammen, denn es gibt keinen wahrhaften Feind in der Welt. Der Feind begrenzt dich, er gibt dir daher deine Form und begründet dich.

Die Stadt in der Wüste 176

Ich verachte die Menschen, die sich innerlich abstumpfen, um zu vergessen, oder die einen Drang ihres Herzens ersticken, um in Frieden zu leben. Denn du mußt wissen, daß dich jeder unlösbare Gegensatz, jeder unheilbare Streit dazu zwingt, größer zu werden, damit du ihn in dich aufnehmen kannst.

Die Stadt in der Wüste 182

Es gibt schon genug Richter auf der Welt. Wenn es darum geht, dich umzukneten und zu härten, so überlaß diese Aufgabe deinen Feinden. Sie werden sie gern übernehmen, so wie der Sturm, der die Zeder formt. Dein Freund ist dazu da, dich willkommen zu heißen. Laß dir gesagt sein, daß Gott dich nicht mehr richtet, wenn du in seinen Tempel eintrittst, sondern dich empfängt.

Die Stadt in der Wüste 205

Wenn ich ein Geheimnis besitze, verberge ich es. Wenn ich in Erstaunen setzen möchte, wenn ich eitel bin, wenn ich mich, da es mir an innerem Leben, an Stolz gebricht, nach der Wirkung einschätze, die ich

hervorrufe, dann erfinde ich ein mühsames kleines
Bilderrätsel und zeige es.

Carnets 276

Auf Grund einer falschen Algebra haben diese
Dummköpfe geglaubt, daß es Gegensätze gebe. Und
der Gegensatz zur Demagogie ist die Grausamkeit.
Im Leben ist hingegen das Netz der Beziehungen so
geknüpft, daß du stirbst, wenn du einen deiner beiden Gegensätze aufhebst.
Denn ich sage, daß das Gegenteil von irgend etwas
der Tod und nichts als der Tod ist...
So geht es einem, der seinen Feind vernichtet. Und er
lebte von ihm. Also stirbt er daran.

Die Stadt in der Wüste 357

Wenn du kämpfst, gegen was immer es sei, wird dir
die ganze Welt verdächtig werden, denn alles ist ein
mögliches Obdach, ein möglicher Hinterhalt und eine mögliche Nahrung für deinen Feind.
Wenn du kämpfst, gegen was immer es sei, mußt du
dich selber vernichten, denn ein Teil davon steckt in
dir selbst, mag er auch noch so gering sein.

Die Stadt in der Wüste 358

Wenn einer einkerkert oder hinrichtet, heißt das,
daß er vor allem an sich selber zweifelt. Er merzt die
Zeugen und die Richter aus. Aber du wirst nicht da-

durch stark, daß du alle die ausmerzt, die dich
schwach gesehen haben.

Wenn einer einkerkert und hinrichtet, heißt das
auch, daß er seine Fehler auf andere abwälzt. Also
daß er schwach ist. Denn je stärker du bist, um so
mehr Fehler nimmst du auf deine eigene Rechnung.
Sie werden dir zu einer Lehre, die deinem Siege
dient.

Die Stadt in der Wüste 359

Problem der Achtung. Der Mensch, der nicht ge-
achtet ist, bringt um. Das ist spezifisch menschlich.

Carnets 268

Selbst einander beklagen, heißt immer noch, zu
zweien sein, getrennt zu sein durch das Mitleid.
Aber es gibt eine Größe der Beziehungen von
Mensch zu Mensch, wo Dank und Mitleid ihren
Sinn verlieren. Da atmet man auf wie ein befreiter
Gefangener.

Wind, Sand und Sterne 328

Sollte man dir einmal das Leben retten, sagte er
wiederum, so bedanke dich niemals. Übertreibe ja
nicht deine Dankbarkeit. Wenn nämlich dein Le-
bensretter Dankbarkeit von dir erwartet, ist er von
niederer Art. Was glaubt er denn? Daß er dir einen
Dienst erwies? Da er doch Gott dadurch diente,
daß er dich erhielt, sofern du etwas taugst. Und
wenn du allzu heftig deine Dankbarkeit bekundest,

fehlt es dir zugleich an Stolz und Bescheidenheit.
Denn das Wichtigste, das er gerettet hat, ist nicht
dein kleines persönliches Glück, sondern nur das
Werk, an dem du mitarbeitest und das auch auf
deiner Person beruht. Und da er dem gleichen Werke Untertan ist, brauchst du ihm nicht zu danken.
Er wurde schon durch die Mühe belohnt, die er
aufwandte, um dich zu retten. Darin besteht seine
Mitarbeit am Werke. Es fehlt dir auch an Stolz,
wenn du dich seinen gewöhnlichsten Regungen
willfährig zeigst und seiner Kleinheit dadurch
schmeichelst, daß du dich zu seinem Sklaven
machst. Denn wäre er edlen Sinnes, wiese er deine
Dankbarkeit zurück.

Die Stadt in der Wüste   56

Hier mein Geheimnis. Es ist ganz einfach: Man
sieht nur mit dem Herzen gut. Das Wesentliche ist
für die Augen unsichtbar.

Der Kleine Prinz   556

Ich rate dir von der Polemik ab. Denn sie führt zu
nichts. Und wenn sich andere irren, weil sie deine
Wahrheiten unter Berufung auf ihre eigenen Einsich-
ten ablehnen, so sage dir, daß auch du ihre Wahrheiten ablehnst, wenn du unter Berufung auf deine eigene Einsicht gegen sie zu Felde ziehst. Bejahe sie!
Nimm sie an die Hand und führe sie! Sage ihnen:
»Ihr habt recht, wir wollen indes den Berg er-

steigen!« So stellst du die Ordnung wieder her, und alle atmen die Weite, die sie erobert haben.

Die Stadt in der Wüste 175

Mensch sein, heißt Verantwortung fühlen: sich schämen beim Anblick einer Not, auch wenn man offenbar keine Mitschuld an ihr hat; stolz sein über den Erfolg der Kameraden; seinen Stein beitragen im Bewußtsein, mitzuwirken am Bau der Welt.

Wind, Sand und Sterne 210

Das Abenteuer Fliegen.
Über das Werk

Mir geht es nicht um die Sache der Fliegerei. Für mich ist das Flugzeug kein Zweck, es ist ein Mittel. Mein Leben schlage ich nicht für die Fliegerei in die Schanze, so wenig wie der Bauer für den Pflug arbeitet. Aber mit dem Flugzeug verläßt man die Städte und ihre seelenlose Rechnerei und findet auf anderem Wege die bäuerliche Wahrheit wieder. Man lebt mit Winden, Sternen, Nacht und Sand, arbeitet als Mensch und sorgt sich als Mensch. Man mißt sich mit den Kräften der Natur und wartet auf den neuen Tag wie der Gärtner aufs Frühjahr. Man ersehnt den Flughafen wie ein gelobtes Land und sucht seine Wahrheit in den Sternen.

Wind, Sand und Sterne 512

Er beugte sich zum Schaltbrett. Das Radium der Zeiger begann zu leuchten. Eine nach der andern prüfte der Pilot die Ziffern und war zufrieden. Man saß ganz solide hierin diesem Himmelsraum. Er tippte mit dem Finger an einen Stahlspanten und fühlte das Leben durch das Metall rieseln: dieser Stahl vibrierte nicht, er lebte. Die fünfhundert Pferdekräfte des Motors erweckten in der Materie einen ganz leisen Strom, der ihre Eishärte in Fleisch und Nerv verwandelte, sammetweich anzufühlen. So war es immer. Weder Schwindel noch Rausch empfand man im Flug, sondern nur das geheimnisvolle Arbeiten einer lebendigen Substanz.

Er hatte sich jetzt seine Welt wiederhergerichtet und rückte sich mit den Ellbogen bequem darin zurecht.

Er griff an die Schalttafel, prüfte die Schalter der Reihe nach, rückte ein wenig herum, lehnte sich tiefer in den Sitz und suchte nach der besten Stellung, um die Schwankungen der fünf Tonnen Metall recht zu spüren, die die leise bewegte Nacht auf ihren Schultern trug. Dann tastete er umher, schob seine Notlampe an ihren Platz, ließ sie los, fand sie wieder, vergewisserte sich, daß sie nicht rutschen konnte, ließ sie wieder los, um an jeden Hebel zu rühren und seine Finger zu üben, daß sie auch ja alles blindlings wiederfänden. Dann, als er seiner Hände ganz sicher war, erlaubte er es sich, eine Lampe anzuzünden, den Zierat der Instrumente aufblitzen zu lassen und überwachte vornübergebeugt auf den Zifferblättern sein Eintauchen in die Nacht.

Nachtflug 109

Ich tauche in die Nacht und ziehe meine Bahn. Nur
noch die Sterne gehören mir. Ganz allmählich voll-
zieht sich der Weltuntergang, ganz allmählich schwin-
det mir das Licht. Himmel und Erde verschwimmen
ineinander, als ob die Erde emporstiege und wie
Rauch die Luft erfüllte. Die ersten Sterne zittern noch
wie durch grünliches Wasser. Erst viel später werden
sie zu harten Diamanten, erst sehr viel später kommt
zu mir das stumme Spiel der Meteore. Ich habe Nächte erlebt, in denen ihre Feuergarben so massenhaft fie-
len, daß es schien, als ob ein schrecklicher Sturm unter den Sternen wütete.

Wind, Sand und Sterne 281

Indessen stieg die Nacht herauf wie dunkler Rauch
und füllte schon die Täler. Die Formen der Ebene
unterschied man nicht mehr. Aber dafür blitzten
jetzt die Dörfer auf, Sternbilder, die einander ant-
worteten. Und auch er ließ mit dem Finger seine Po-
sitionslichter blinken zur Antwort. Die ganze Erde
war übersponnen von Lichtgrüßen, jedes Haus zündete seinen Stern an vor der unendlichen Nacht,
gleichwie man das Feuer eines Leuchtturms gegen
das Meer wendet. Alles, was Menschenleben barg,
glitzerte. Fabien schwoll das Herz. Ja, wie in einen
Hafen war diesmal die Einfahrt in die Nacht, sacht
und schön.

Nachtflug 109

Er flog friedlich über die Kette der Anden dahin.
Die Schneelasten des Winters ruhten auf ihnen mit

der ganzen Wucht ihrer Stille. Die Schneelasten des Winters hatten Frieden gebreitet über diese Steinmassen, gleichwie die Jahrhunderte über tote Burgen. Auf zweihundert Kilometer hin kein Mensch, kein Lebenshauch, keine Regung. Nur senkrechte Schroffen, an denen man, in sechstausend Meter Höhe, vorbeistreicht; nur Felsmäntel, in steilen Falten hinab, nur furchtbare Stille.

Nachtflug 115

Das Wiedererleben der Erde nach einem schweren Flug, die Bäume, die Blumen, die Frauen, deren Lächeln wie neugefärbt ist durch das Leben, das uns mit dem Morgen neu geschenkt wurde, dieses Allerlei von kleinen Dingen, die unser Lohn sind, auch sie lassen sich nicht für Geld erwerben.

Wind, Sand und Sterne 200

Der Flieger, der aufsteigt, kommt in Berührung mit Wasser und Luft. Sobald die Motoren angeworfen sind und das Wasserflugzeug schon durch das Meer gleitet, schlägt das harte Plätschern der Wellen gegen seinen Bug wie an einen Gong, und der Mensch kann den Ablauf des Arbeitsvorganges an den Erschütterungen des Rumpfes fühlen. Er spürt, wie das Flugzeug von Sekunde zu Sekunde, in demselben Maße, wie seine Geschwindigkeit zunimmt, an Kraft gewinnt. Er erlebt, wie sich in den fünfzehn Tonnen Baustoff langsam die Reife bildet, die das Fliegen möglich macht. Der Flieger schließt die Hände über den Griffen, und langsam sammelt er wie ein Geschenk in seiner hohlen Hand diese wachsende Kraft. Die metallenen Nerven der Steuerung werden zu Boten seiner Macht. Und wenn der Augenblick herangereift ist, vermag der Flieger mit einer Bewegung, die geringer ist als die des Pflückens einer Blume, das Flugzeug vom Wasser zu lösen und es in die Luft zu erheben.

Wind, Sand und Sterne 213

Nichts, was einem selbst geschieht, ist unerträglich. Das hatte ich schon früher entdeckt, und wieder und wieder sollte ich es in jenen Tagen erfahren: nichts, was einem selbst geschieht, ist unerträglich. Ich glaube nur halb an die Wirklichkeit des Leidens. Eines Tages war ich in der Kabine eines im Wasser versinkenden Flugzeuges eingeschlossen und meinte zu ertrinken. Viel gelitten habe ich nicht dabei. Manches liebe Mal war ich überzeugt, daß es mit mir gleich aus sein würde. Aber nie erschien mir das als ein bedeutendes Ereignis.

Wind, Sand und Sterne 295

Seit dem Kriege habe ich mich verändert. Ich bin dazu gelangt, all das völlig zu mißachten, was mein »Ich« angeht. Ich leide auf sonderbare Weise, und nahezu als Dauerzustand, an völliger Gleichgültigkeit. Ich will »Le Caïd« [»Die Stadt in der Wüste«]

vollenden! Ich tausche mich gegen ihn aus. Ich glaube, das hängt jetzt an mir wie ein Anker auf dem Grund. In der Ewigkeit wird man mich fragen: Was hast du mit deinen Gaben angefangen, und wie hast du auf die Menschen eingewirkt? Da ich ja nicht im Kriege gefallen bin, tausche ich mich gegen etwas anderes aus als den Krieg. Wer mir dabei beisteht, ist mein Freund. Ich verfolge keinerlei eigennützige Ziele; es ist mir nicht um Zustimmung der Öffentlichkeit zu tun. Innerlich bin ich mir jetzt ganz klar: das Buch wird nach meinem Tod erscheinen, denn ich werde es nie zu Ende schreiben, ich habe jetzt siebenhundert Seiten fertig! Wenn ich diese siebenhundert Seiten mit ihren Schlacken wie einen gewöhnlichen Artikel durcharbeiten wollte, brauchte ich schon zehn Jahre bloß für das Korrigieren. Ich werde sie nur so lange durcharbeiten, wie meine Kräfte reichen. Ich werde nichts anderes mehr auf der Welt tun. Durch mich allein bin ich nicht mehr sinnvoll. Ich fühle mich bedroht, verwundbar, begrenzt in der Zeit, ich will meinen Baum vollenden. Guillaumet ist tot, ich will schnell meinen Baum vollenden.

Beruf und Berufung des Schriftstellers 208

Ich für mein Teil führe Krieg so gründlich wie möglich. Bestimmt bin ich der älteste unter allen Kampffliegern der Welt. Die Altersgrenze für den Jagdeindecker, den ich fliege, beträgt dreißig Jahre. Und neulich hatte ich eine Motorpanne in zehntausend Meter Höhe über Annecy, gerade als ich … vierund-

vierzig geworden war. Während ich mit der Geschwindigkeit einer Schildkröte über die Alpen schau-
kelte, als Freiwild für jeden deutschen Jäger, mußte
ich lächeln beim Gedanken an die Superpatrioten, die
in Nordafrika meine Bücher verbieten. Komisch ist
das.

Brief an Pierre Dalloz 237, 31. 7. 1944

Hier [auf dem Flugplatz Borgho auf Korsika, unmit-
telbar vor dem letzten Aufklärungsflug, von dem
Saint-Exupéry nicht mehr zurückkehrte] ist man weit
weg von der Haßatmosphäre, aber so nett die Gruppe auch ist, man steckt doch ein wenig im menschlichen Elend. Ich habe – niemals – jemanden, mit dem
ich reden kann. Es ist schon was, wenn man Menschen hat, mit denen sich leben läßt. Doch welche
geistige Einsamkeit! Sollte ich abgeschossen werden,
werde ich rein gar nichts bedauern. Vor dem künftigen Termitenhaufen graust mir. Und ich hasse ihre
Robotertugend. Ich war dazu geschaffen, Gärtner zu
sein.

Brief an Pierre Dalloz 237, 31. 7. 1944

Wenn ich, bevor ich mein Werk schreibe, in großen
Zügen einige seiner Regungen ankündige (hier steigt
es an, hier kostet es irgendeine Erinnerung aus, hier
ist es düsterer...), so wird es keineswegs durch diese
Planung bedingt. Es ist nur Ausdruck davon, daß ich
ein Werk zu schreiben habe. Denn offensichtlich stellt
sich das Entscheidende zunächst als Struktur dar.
Doch da meine Arbeit gerade ihrem Wesen nach dar-

in besteht, die Struktur, auf die es allein ankommt, zu entdecken und freizulegen, ist der Gedanke etwas absurd, diese Struktur sei eine starr festgelegte Bahn, die das Werk beherrschen und umspannen werde. Und das, was ich ständig so lange verändern werde, bis das durch Worte Geäußerte dem Wesentlichen und nicht Aussprechbaren entspricht, ist gerade die Planung.

Carnets 309

Das Flugzeug hat uns die wahre Luftlinie kennengelehrt. Kaum ist es aufgestiegen, so verlassen wir schon die Wege, die zu Tränken und Ställen führen oder sich von Stadt zu Stadt schlängeln. Wir sind frei von der uns vertrauten Knechtschaft, unabhängig von Brunnen und Quellen, und steuern unsere fernen Ziele geradewegs an. Erst auf diesen geradlinigen Flügen entdecken wir den Unterbau der Welt, die Schicht aus Fels, Stein und Salz, auf der an wenigen Stellen das Leben wie Moos an altem Gemäuer schüchtern zu grünen wagt.
Da werden wir zu Forschern, die nach physikalischen und biologischen Gesichtspunkten die Kultur untersuchen, die da unten den Talgrund verschönt und ab und zu, wenn das Klima be- sonders günstig ist, sich wie ein Park ausbreitet. Wir beurteilen den Menschen mit Weltraumperspektive. Das Fenster am Führersitz ist die Linse eines Mikroskops, und mit neuen Augen lesen wir darin die Weltgeschichte.

Wind, Sand und Sterne 250

Im Bann des Zeitgeists

Ich habe eine Wahl getroffen. Ich sage: »Ein Mensch verdient Achtung, einerlei welche Ideen er vertritt.« So sieht meine Kultur aus. Ich gehe von diesem Axiom aus und münde nicht darin ein. Ich suche in den Menschen, was universal an ihnen ist.

Carnets 282

Was nützt es, Ideologien zu erörtern? Alle lassen
sich beweisen, aber alle widersprechen einander.
Weltanschauliche Aussprachen können einen am
Heil der Menschheit verzweifeln lassen, wo doch alle Menschen ringsum das gleiche ersehnen.

Wind, Sand und Sterne 332

Da ich ein Teil von ihnen bin, werde ich niemals die
Meinen verleugnen, was sie auch tun mögen. Ich
werde nie vor jemand anderem gegen sie predigen.
Wenn ich ihre Verteidigung übernehmen kann, werde ich sie verteidigen. Wenn sie mich mit Schande
bedecken, werde ich diese Schande in meinem Herzen verschließen und schweigen. Was ich dann auch
über sie denken mag, ich werde nie als Belastungs-
zeuge dienen.

Flug nach Arras 465

Sollen wir uns unterwerfen oder kämpfen?« Man
muß sich unterwerfen, um zu überleben, und kämpfen, um weiter zu existieren. Laß das Leben nur machen. Denn das ist das Elend des Tages, daß die
Wahrheit des Lebens, die nur eine ist, widerspre-
chende Formen annehmen wird, um sich auszudrücken. Aber gib dich keiner Täuschung hin: so
wie du bist, bist du gestorben. Und deine Wider-
sprüche gehören zur Häutung wie deine Schmerzen
und dein Elend. Es kracht in dir und zerreißt dich.
Und dein Schweigen ist das Schweigen des Weizen-

korns in der Erde, wo es fault, um zu werden. Und
deine Unfruchtbarkeit ist die Unfruchtbarkeit der
Schmetterlingspuppe. Aber du wirst wiedergeboren
werden, verschönt von den Bäumen. Auf dem Gipfel
des Berges, wo deine Probleme gelöst sind, wirst du
dir sagen: »Wie war es möglich, daß ich's anfangs
nicht verstanden habe?« Als ob es anfangs etwas zu
verstehen gegeben hätte.

Die Stadt in der Wüste 273

Langsam wird unser Haus sicher menschlicher werden. Die Maschine selbst tritt in dem Maße hinter
ihren Aufgaben zurück, als sie vollkommener wird.
Es scheint, daß jeder technische Ansturm des Menschen, alle Berechnungen, alle über Plänen und Ris-
sen durchwachten Nächte als letztes sichtbares Er-
gebnis immer wieder die größte Einfachheit zeitigen,
als ob die Erfahrung mehrerer Geschlechter nötig
wäre, um langsam die Linien einer Säule, eines Kie-
les, eines Flugzeugrumpfes zu entdecken, ehe diese
endlich die herrliche Schlichtheit erhalten, die die Linie der weiblichen Brust oder der Schulter von Ur-
zeit an besitzt. Es scheint, daß alle Arbeit der Ingeni-
eure, Zeichner und Rechner in den Laboratorien nur
den Sinn hat, hier eine Bindung zu vereinfachen,
dort einen Flügel anzupassen, bis man überhaupt
nicht mehr merkt, daß da ein Flügel an einen Rumpf
montiert ist, sondern nur gewahr wird, daß etwas
Neues vor uns steht: eine voll entwickelte Form, frei
von allen Schlacken, ein gewachsenes Ganzes, das

ebenso geheimnisvoll gebunden ist wie eine Dichtung. Vollkommenheit entsteht offensichtlich nicht
dann, wenn man nichts mehr hinzuzufügen hat, sondern wenn man nichts mehr wegnehmen kann. Die
Maschine in ihrer höchsten Vollendung wird unauf-
fällig.

Wind, Sand und Sterne 213

Die Masse haßt das Bild des Menschen, sagte mir
mein Vater, denn die Masse ist ohne Zusammenhang, sie drängt gleichzeitig nach allen Richtungen
und macht das schöpferische Bemühen zunichte. Gewiß ist es von Übel, wenn der Mensch die Herde
erdrückt. Nicht dort aber suche die große Versklavung: sie zeigt sich, wenn die Herde den Menschen
erdrückt.

Die Stadt in der Wüste 71

Diese Menge, die ich überfliege, über Arras habe ich
sie wohl in acht genommen. Ich bin nur dem verbunden, den ich beschenke. Ich verstehe nur, wem
ich mich liebend nahe. Ich existiere nur, insoweit
mich die Quellen meiner Wurzeln tränken. Ich bin
ein Teil dieser Menge. Diese Menge ist ein Teil von
mir. Nachdem ich mit fünfhundertdreißig Kilome-
tern Geschwindigkeit in der Stunde und in zweihundert Metern Höhe nun nach unten meine Wolke
durchstoßen habe, umfange ich sie im Abendlicht
wie ein Schäfer, der mit einem Blick die Herde über-

zählt, sammelt und vereint. Diese Menge ist keine
Menge mehr: sie ist ein Volk. Wie sollte ich ohne
Hoffnung sein?

Flug nach Arras 254

Sie alle aber nenne ich Geschmeiß, die von fremden
Taten leben und dadurch wie das Chamäleon ihre
Färbung ändern, die dort lieben, wo sie ihre Geschenke empfangen, sich am Beifall erfreuen und
sich selber so beurteilen, wie sie sich im Spiegel der
Massen erblicken. Denn sie lassen sich nirgends fassen; sie ruhen nicht verschlossen wie eine Zitadelle
über ihren Schätzen; sie geben nicht von Geschlecht
zu Geschlecht ihre Richtworte weiter, sie lassen ihre
Kinder heranwachsen, ohne sie zu formen. Und überall in der Welt schießen sie wie die Pilze hoch.

Die Stadt in der Wüste 139

Er [Vautel] ist für den Menschen mit gesundem
Menschenverstand und common sense, ohne zu verstehen, daß nichts darin Platz findet, was bestrebt
war – nur so langsam bestrebt war –, Kulturen, Re-
ligionen usw. aufzubauen (Gerechtigkeit, Tradition,
das Universale einbegriffen). Keine dieser geistigen
Bemühungen ist im gesunden Menschenverstand erhalten geblieben: nicht die Liebe zu Mozart, nicht eine gewisse Liebe als solche, nicht die Caritas. Jedes-
mal, wenn er im Menschen diesen geistigen Überbau
gewahr wird, macht er Jagd auf ihn. Er entdeckt ihn

nicht immer und verwechselt jenen Teil, den er nicht
entdecken konnte, mit dem wahren Menschen, aber
er strebt danach, den Menschen auf einen Verdau-
ungskanal und einen Fortpflanzungsapparat zu re-
duzieren. Ich liebe die Kohlköpfe oder liebe sie nicht
– außerhalb (wahrscheinlich) jeder Kultur. Aber
schon bei der Frau stimmt das nicht, die nicht ebenso schmeckt, wenn man sie als Königin oder in einem Freudenhaus gepflückt hat. Und eben das ent-
geht ihm (selbst wenn er es vielleicht sieht, mit Hilfe
jenes Teiles im Menschen, den die Sprache der verborgenen Vorstellungen in ihm aufrechterhält); es
entgehen ihm diese Geschmacksdifferenzierungen.

Carnets 247

Anhang

Nachwort

Der vorliegenden Auswahl von Textstellen aus den Werken Antoine de Saint-Exupérys liegt die Ausgabe zugrunde: Gesammelte Schriften in drei Bänden, Karl Rauch Verlag, Düsseldorf 1959. Auf diese Ausgabe beziehen sich die als Quelle unter den einzelnen Textstellen genannten Werktitel mit den Seitenzahlen. Es ist daher nachprüfbar, in welchem Zusammenhang die Auszüge ursprünglich stehen. Da zwischen Saint-Exupérys Lebensumständen, seinen Werken und den Zeitereignissen Querverbindungen bestehen, ist in der nachstehenden Titelliste die Zeit der Erstveröffentlichung bzw. der Entstehung der Werke angegeben: Nach den deutschen Titeln folgen die Titel der französischen Originalausgaben, dann die Jahreszahl der Erstveröffentlichung. Die in Klammern gesetzten römischen Ziffern I–III verweisen auf den Band der Gesammelten Schriften (Düsseldorf 1959), in dem der betreffende Text steht.

Eine Zeittafel ermöglicht ferner die Zuordnung der
Werke zu den wichtigsten biographischen Details in
Saint-Exupérys Leben.

Die französischen Originalausgaben sind sämtlich
im Verlag Gallimard, Paris, erstmals erschienen;
dort kamen auch die Gesamtausgaben heraus: Les
Œuvres complêtes (Vollständige Ausgabe) 1950,
und Œuvres (Werke), Bibliothèque de la Pléiade
1955 u. ä.
Beruf und Berufung des Schriftstellers. Brief, ge-
schrieben 1942 an einen Freund. (III)
Brief an einen Ausgelieferten. Lettre à un Otage.
  Verfaßt 1941, bekannt unter dem deutschen Titel:
· Bekenntnis einer Freundschaft, aus Amerika an
  den Jugendfreund Léon Werth Geschrieben. (III)
Brief an Pierre Dalloz. geschrieben 1944. (III)
Carnets. 1936–1944 entstanden, erstmals veröffent-
  licht 1953. (III)
Der kleine Prinz. Le Petit Prince. 1943. (I)
Die Stadt in der Wüste. Citadelle. Entstanden
  1936–1944, erstmals veröffentlicht 1948. (II)
Flug nach Arras. Pilote de Guerre. 1942. (I)
Frieden oder Krieg? Geschrieben 1938, erstmals ver-
  öffentlicht im Oktober 1946 im Paris-Soire. (III)

Kriegsbriefe an einen Freund. Geschrieben 1940.
Veröffentlicht in: Un Sens à la Vie. 1956. (III)

Madrid. 1937 geschrieben und veröffentlicht im Paris-Soir. (III)

Nachtflug. Vol de Nuit. 1931. (I)

Südkurier. Courrier Sud. 1928. (I)

Wind, Sand und Sterne. Terre des Hommes. 1939. (I)

Zeittafel

1900	29. Juni: Antoine de Saint-Exupéry in Lyon geboren, als drittes von fünf Kindern des Versicherungsinspektors Jean-Marie de Saint-Exupéry und Marie de Fonscolombe.
1904	Tod des Vaters. Die Mutter verläßt mit den Kindern Lyon; in den folgenden Jahren abwechselnd Aufenthalt auf den zwei Schlössern von Verwandten in Saint-Maurice-de Remens (Ain) und in La Môle (Var).
1909	Herbst: Die Familie zieht nach Le Mans. 7. Oktober (bis 1914): Externist an der Jesuitenschule von Notre-Dame de Sainte-Croix.
1912	Erster Flug im Aerodrom von Ambérieu mit dem Piloten Védrines.
1914	Die Mutter von Saint-Exupéry tritt als Pflegeschwester in das Krankenhaus von Ambérieu ein.
1917	Frühjahr: Abitur.

Juli: Tod des Bruders François.
Oktober: Besuch des Gymnasiums
Saint-Louis in Paris zur Vorberei-
tung auf die École Navale (Seeka-
dettenschule).

1919   Juni: Fällt bei der Aufnahmeprü-
fung in die École Navale durch;
besucht daraufhin Architekturkur-
se an der École des Beaux-Arts.

1921   April: Antritt des Militärdienstes
bei der Luftwaffe in Straßburg, ab
Juni in Rabat. Erster Absturz.

1922   Militärflugzeugführerschein. Leut-
nant der Luftwaffe. Verlobung mit
Louise de Vilmorin (von dieser
1923 gelöst).

1923   Absturz in Le Bourget. Auf
Wunsch der Eltern seiner Braut
verzichtet er auf den Fliegerberuf
und tritt in das Büro einer Ziegelei
ein.

1924   Vertretertätigkeit für die Automo-
bilwerke Saurer.

1926   Frühjahr: Rückkehr zum Fliegerberuf, tritt in die Compagnie Aéri-
enne Française ein.
April: Erste literarische Veröffent-
lichung: Der Flieger (Erstfassung
des Südkurier) in der Zeitschrift *Le
Navire d'Argent*.

Oktober: Eintritt in die Fluggesellschaft Latécoère.

1927   Frühjahr: Saint-Exupéry über-
nimmt die Postflüge auf der
Strecke Toulouse–Casablanca und
Dakar–Casablanca zusammen mit
den Piloten Jean Mermoz und
Henri Guillaumet.

10. Oktober: Wird für 18 Monate
Kommandant des Flugstützpunk-
tes Cap Ju by in dem von Aufständischen bedrohten Südwesten Ma-
rokkos. Fertigstellung des Romans
Südkurier.

1928   *Südkurier* erscheint im Verlag Gallimard, Paris, in dem in der Folge
alle Werke Saint-Exupérys heraus-
kommen.

1929   19. Oktober: Wird Direktor der
Fluggesellschaft Aéropostale Ar-
gentina in Buenos Aires; richtet die
Fluglinie Buenos Aires–Punta ein.

1930   22.–30. Juni: Rettet den beim Flug
über die Anden abgestürzten
Freund Henri Guillaumet.

1931   Rückkehr nach Paris.

März: Konkurs der Firma Aéropostale, Saint-Exupéry quittiert
den Dienst, bleibt in Frankreich.

April: Eheschließung in Agay mit
Consuelo Suncin, der Witwe des

Schriftstellers Gomez Carillo, die
er in Argentinien kennengelernt
hat.
Mai–Dezember: Tätigkeit bei der
Postfluglinie Casablanca–Port Eti-
enne.
Finanzielle Schwierigkeiten.
Dezember: Nachtflug erscheint,
wird mit dem Prix Fémina ausgezeichnet.

1932   Testpilot für Wasserflugzeuge bei
Latécoère auf der Linie Marseil-
le–Algier, dritter Absturz, in der
Bucht von St. Raphaël, wobei er
beinahe ertrinkt.

1933   Testpilot bei der Fluggesellschaft
von Latécoère.

1934   Unternimmt Vortragsreisen für die
Werbeabteilung der neugegründe-
ten Air-France.

1935   April/Mai: Als Berichterstatter für
Paris-Soir in Moskau.
29. Dezember: Startet zu einem
Langstreckenflug Paris–Saigon,
um den bisherigen Rekord zu bre-
chen; dabei Notlandung in der Li-
byschen Wüste, nach fünf Tagen
Rettung durch eine Karawane.

1936   August: Als Berichterstatter für die
Pariser Tageszeitung L'Intransige-
ant an der Front des Spanischen

Bürgerkrieges bei Lerida. Erste Aufzeichnungen zu Die Stadt in der Wüste.

1937   Juni: Als Berichterstatter für Paris-Soir in Madrid.

1938   15. Februar: Erleidet schweren Flugzeugunfall in Guatemala, mehrere Frakturen an Kopf und Gliedmaßen.

1939   Februar: Wind, Sand und Sterne erscheint, wird (im Mai) mit dem großen Romanpreis der Académie française ausgezeichnet, in den USA Bestseller.

Reise durch Deutschland.

1. September: Ausbruch des Zweiten Weltkrieges.

3. November: Wird Flieger bei der Fernaufklärergruppe 2/33, die in Orconte (Marne) einquartiert wird.

Arbeit an Der Kleine Prinz.

1940   10. Mai: Deutsche Offensive in Frankreich. Die Fernaufklärergruppe 2/33 wird nach Orly verlegt.

22. Mai: Aufklärungsflug nach Arras; er gibt den Anlaß zu dem Werk Flug nach Arras, das er im folgenden Jahr niederschreibt.

17. Juni: Zusammenbruch Frank-
reichs. Waffenstillstand. Saint-
Exupéry hält sich in der Folge in Algier und Marseille auf. Arbeit an
Die Stadt in der Wüste.
Dezember: Abreise nach New York;
bleibt in Amerika bis Anfang 1943.

1942   Februar: Flug nach Arras erscheint
in den USA und liegt monatelang an
der Spitze der Bestsellerliste, wird
im gleichen Jahr auch in Frankreich
veröffentlicht.
6. November: Landung der Alliier-
ten in Nordafrika.

1943   Der Kleine Prinz erscheint.
Ende März: Saint-Exupéry trifft in
Algier ein.
Mai: Wiedereintritt bei seiner ehe-
maligen Fernaufklärergruppe 2/33,
die unter amerikanischem Kom-
mando steht und dann nach Sardi-
nien verlegt wird.
Fernaufklärungsflüge über Frankreich.

1944   Juli: Die Staffel wird nach Borgho
in Korsika verlegt.
31. Juli: Letzter Fernaufklärungs-
flug über Frankreich, von dem er
nicht mehr zurückkehrt; die Ursa-
chen für den Absturz sind nicht ge-
klärt.

Bitte beachten Sie

die folgenden Seiten

Die Weisheit
der Antike

Aesops Fabeln sind in aller Welt bekannt. Dimiter Inkiow
ist ein hervorragender Kenner klassischer Sagen und
Mythen. Ihm gelingt es auf einmalige Weise, die Fabeln
ansprechend und pointiert nachzuerzählen. Er bietet den
Leserinnen und Lesern, ob jung oder alt, einen wahren
Schatz an Geschichten und Weisheiten.

Dimiter Inkiow
AESOPS FABELN
128 Seiten · ISBN 978-3-7844-6037-6

LANGENMÜLLER

langen-mueller-verlag.de

Peter Bachér
Liebe
ist
alles

LangenMüller

Was wirklich zählt
im Leben

Peter Bachér wendet sich in seinem Buch an Menschen,
die nach Liebe, Güte und Ruhe in der Hektik des Alltags
suchen. Er ermuntert dazu, uns in einer Zeit der Un-
sicherheit und der Ängste darauf zu besinnen, was für
den Menschen wirklich wichtig ist und was es zu bewahren gilt. Seine Beobachtungen und Betrachtungen
haben die klare Botschaft, dass im Leben alles fehlt,
wenn die Liebe fehlt.

Peter Bachér
LIEBE IST ALLES
160 Seiten · ISBN 978-3-7844-3035-5

LANGENMÜLLER

langen-mueller-verlag.de

Die Kunst, mit den späten Jahren gut umzugehen

Peter Bachérs Botschaft an seine Leser: Das Leben ist auch im Alter noch lebenswert, es bietet so vieles, und man sollte mit dieser geschenkten Zeit bewusst umgehen. Je früher man sich mit den Spielregeln der fortgeschrittenen Jahre vertraut macht, desto besser. Jede Lebensphase, so sagt Peter Bachér, verdient, gut gelebt zu werden.

Ein Buch, das Mut macht, die uns verbleibende endliche Zeit wie einen guten Freund zu betrachten.

Peter Bachér
LOB DES ALTERS
160 Seiten · ISBN 978-3-7844-3417-9

LANGENMÜLLER

langen-mueller-verlag.de